시간을 여는 바람

정해란 시집

머무시는 곳마다
축복과 평화를 빕니다
정 해란 드림

시음사
시사랑음악사랑

프롤로그

2019년 12월 1일 여행시화집『설렘과 낯섦 사이』발간, 제2시집『일어서는 밤』에 이어 제3시집 발간! 모두 거의 코로나 시대에 예기치 않았던 조용한 도발이었다. 이번에도 2집과 마찬가지로 교사 일기와 감상 시는 외면할 수 없는 내 삶의 한쪽 지체였다. 비워두면 여전히 바람으로 불어와 닻 내리지 못할!

시작(詩作)을 시작(始作)하지 못하는 날

사유의 끝에 글이 써지는 게 아니라
글을 쓰다 보면 사유가 일어난다
밝은 빛으로 유인해 자동 산란하는 암탉처럼
동전 투입 후 떨어지는 자판기처럼
타이머 작동 속에서 불현듯 시간당 2편씩
운 좋으면 3편씩 부화 되곤 했던 시
오늘은 고장 났나 보다
먹구름 낀 오류와 쉼표가 본질보다 길어진 날
마디마디 끊긴 사유의 편린들이
모든 감성과 시어의 지문을 깜깜하게 지워버린 날
가을걷이 끝낸 빈 들녘처럼 마음속 풍경소리도
빈 길, 마른 하늘을 걷고 있다
모든 이미지와 언어, 사유를 남김없이 화장시켜
한강 물에 뿌렸나 보다
詩의 주소는 지상 어디에도 없는 날이었다

詩가 보이는 길

자꾸만 소멸 되어가는 의식을
몇 줄기라도 붙잡고 싶다
구멍 난 의식에 바삐 촛불을 켜 본다
불 꺼진 감각이 하나둘 켜져
한 줄 한 줄 읽히면서
의식의 옆구리가 드러난다
바닥에 가라앉아 빈 바람만 가득 찬 실체가
저마다 부레를 품고 황급히 떠오른다
흘러가 버리는 것들은 낚지 않고
그대로 방생하기로 했다
詩로 일어서려 하면 언젠가는 만나리라
나뭇결 바람의 출생지도 찾고
눈부신 햇빛의 입이 어디까지인지도 진단해야 했다
물의 깊이와 산의 가르침도 들여다보고
사람 사이의 무수한 저울질도 멀미는 나지만
촉수를 어둠 쪽으로 외면할 순 없는 일
자칫 아픔이나 절망의 무게가 뒤틀리면서
그물망 벗어 나가는 걸 방관해서도 안 될 일
8방위 아닌 32방위쯤 나침반 켜고
바닥 디딘 위태로움부터 먼저 해독해야 한다
길의 합류 지점에도 의식의 체증 구간에도
인터체인지를 놔주는 건 필수였다
실존하거나 무형인 모든 감각을 건드려보면
거기엔 무수히 자라는 詩가 보였다
여전히 바쁘고 설렐 수밖에 없었다

2022. 5. 21. 저자 정해란

* 목차 *

* 목차 *

QR코드 | QR 코드를 클릭하면
시낭송을 감상할 수 있습니다

본문
시낭송
감상하기

제목 : 봄의 서곡
시낭송 : 박영애

제목 : 꽃이 된 시(詩), 시가 된 꽃
– 류시화 시인 『시로 납치하다』 감상 시
시낭송 : 최명자

시인은 자연을 이야기하고 시낭송가는 자연을 품었다
글자는 날개를 달아 언어로 날고 소리는 자연에 눕는다

﹡ 목차 ﹡

1부

발칸반도의 푸른 수도승 플리트비체
- 크로아티아 플리트비체 국립공원-

폭포마다 제각각의 톤으로 소리해도
모두 끌어안은 채 연주하는
오케스트라로 일어섰다가도
함묵한 채 온갖 인간사 내려다보는
발칸반도의 푸른 수도승 플리트비체

정해란 제1여행시화집 『설렘과 낯섦 사이』 수록 작품 중 일부
2019년 발간, 비매품 / 2022년 간지로 총 6편 사용

봄의 서곡

동토 딛고 선
인고의 시간이 끝날 무렵
식물들은 저마다
뭉친 수다를 풀어내려 곳곳이 가렵다

한파 속에서도
여전히 형형한 눈빛의 햇살에
두근거리는 생명들
이곳저곳 꼼지락거리며 뒤척이나 보다

잔설로 언 땅이
스멀스멀 다시 일어서고
수면이 두껍게 멈춘
물의 노래가 다시 흐르고 있다

갇혀있던 색들이 고개 들고
묶여있던 향기가 풀려나는 봄
기다리던 마음들도 징검다리 건너
자박자박 방향 찾아
마음속 꽃까지 환하게 피워냈으면

봄의 시작
모든 무게 벗은 가벼운 음표가
햇살의 첫 발자국처럼 경쾌하다

제목 : 봄의 서곡
시낭송 : 박영애
QR 코드를 클릭하면
시낭송을 감상할 수 있습니다

달팽이의 순례길

속도를 삼켜버린 온몸이 발이다.
미끄러운 점액질로 길을 내며
오늘도 해탈한 고승처럼
모두가 지나가 버린 시간을
베를 밀며 천천히 나아간다

풀잎에 숨죽인 채
천적의 빠른 발자국들도 먼저 보내고
웅크린 시간만 품은 채
제 걸음대로 등짐을 지고 기어간다.

더듬이 끝 눈을 요리조리
방향을 찾으며 가는 달팽이

남겨진 먹이의 이름들 낱낱이 해체하는 분해자 되어
생태계를 푸르게 돌리면서
어디로 가는 걸까 집 한 채 지고
느릿느릿

일생 바닥을 기면서도
생존 걸린 축축한 습기 외엔
모든 욕심 바닥까지 덜어내 버린
저 가난한 순례자

여전히 햇살은 위태로운 화살이다

세계지도 속에는 1

세계지도 속에는
위도와 경도가 만나는 곳마다
각기 다른 날씨의 표정이
깊은 뿌리에서부터 제각각의 이유로
쉼 없이 일렁이고 있다.

늘 꽃 밝게 웃는 봄날인 나라
가끔 예기치 않은 비는 오지만
곧 소나기처럼 지나가
무지갯빛 희망이 약속처럼 뜨는 나라
폭우와 풍랑 끝 외발 디딘 위태로움 속에서도
해학과 웃음이 끊임없이 터지는 나라
을씨년스런 수확 철마다 비까지 뿌려
걱정이 수확물마다 표피를 둘러싼 나라
예상 벗어난 기상 이변으로
살얼음판 위 신경 극도로 쇠약해진 나라
하얀 눈 축복처럼 펑펑 내려
늘 크리스마스 이브 같은
선물이 기다릴 것 같은 나라

세계지도 속에는
비탄과 절망, 탐욕과 명분, 화해와 평화
때로 빗나가는 예보에 따라
각기 다른 날씨의 표정이
기류 따라 삶을 쉼 없이 흔들고 있다.

치킨 신화

이 땅이 하나의 소리로 모일 때면
우리들은 날개를 단 신화로 살아난다

월드컵으로 들뜬 그들
폭등하는 주가처럼 선을 넘더니
거듭된 승리 이후 틈만 나면
주문은 폭등하고 우리에겐
마지막 나들이용 튀김옷을 입히곤 한다

자꾸만 숨이 구멍 밖으로 빠져나오던
비좁은 케이지 안
항생제는 주식이 된 지 오래지만
요즘 후식마저 심상치 않다
자꾸만 커 가는 가슴근육을 어찌하나

최장 30년이라던 조류계 수명은
모두가 선호하는 맛을 위해
30일 안팎으로 단축되었다는데

치맥, 쉽게 선택한 간식 덕분에
인간들은 자주 뭉치거나 주문했다
그들의 의식은 간혹 우리 대신 케이지에 갇혔고
약에 취한 우리 대신 종종 비틀거린다

날개 돋친 듯 팔려나간 신화는
오늘도 대한민국 상공을 수없이 승천하고 있다

거미의 독백

푸른 나뭇잎을 딛고 가는 햇살은 눈부시고
사이사이 바람을 읽기도 적당한 날
일몰 즈음 주술처럼 내 항문 쪽에서
신호를 보내 또 하나의 투명한 집을 짓는다

날벌레 심심찮게 맴돌던 저 대추나무 쪽에
등산객의 자일처럼 내 첫 번째 실을 던진다
남은 햇살에 반짝이던 대추나무잎이
미끄러워 추락할 뻔했으나
물려받은 빈틈 없는 유전자로 안전하게 착지
첫 번째 줄은 대들보처럼 중요하다

바람 부는 날은 부모님의 유언을 또다시 문신으로 새겨둔다
이젠 Y자로 내려와 우리의 이동통로 세로줄을 치고
세로줄은 생명줄이라서 한 곳에 두 개씩은 방출한다
지상과 수직으로 세우고 중심은 위쪽에 두어야만
포획물이 걸리면 한순간에 우아하게 하강한다

이제 끈끈한 점액질로 먹이를 생포할 가로줄을 친다
첫 햇살 받아 싱싱한 먹이부터
견고하고 아름다운 성으로 유인해야만 해

가로줄 한겹 한겹 둘러싸일 때마다 밤은 깊어가지만
어둠 속에서도 상관없는 시력으로
몇 시간 만의 야근으로 떠오른 아름다운 성
가로줄과 세로줄이 만난 교차점마다 맺힌 이슬
이슬방울마다 투명하게 떠오른 저 햇살
내 무수한 다리털은 줄이 전해주는
진동의 방향과 강도를 즉각 감지해낸다

신의 축복으로 우린
나약하면서도 강하게
위태로운 공중 곡예로 지혜롭게
아름다운 집을 짓는 예술가의 후예이다
이슬과 햇살과 바람마저 때맞춰 이토록 완벽하다니

뽑히지 않는 이름, 개망초

아무리 뽑아내도 지지 않는 밝은 미소
지치지 않는 동심의 맥박처럼
무리 지어 산하(山河) 이곳저곳을 달리는
고 작고 순수한 생명 몇 포기

구한말 일제 침략기에 들어와
뻗어가는 철도 따라 번식해
밭농사를 망치고 나라를 망하게 한다고
경멸과 폄하로 붙인 그 이름 천덕꾸러기 개망초
일제의 핍박 커갈수록 농민의 핍박도 커가
미운털 박혀 뽑혀 버려져도
배시시 웃으며 이듬해 다시 피어나던 꽃

북아메리카에서 철도 침목 속에 밀입국한 씨앗
종족 보존의 본능이
기차가 지나갈 때마다 깨어나
척박한 땅에서도 악착같이 뿌리내려 귀화하니
곳곳에 노란 향, 하얀 미소로 자잘한 채 피어
어디에서든 여전히 미소 지으며 흔들려 왔구나

마주한 가난의 질곡에서도
식재나 약재로 두루두루 쓰여
서민들의 삶의 끈 지키니
질긴 생명력으로 풍성하게 남아있구나
1세기 한참 넘도록 끝내 뽑히지 않는 그 이름
하얗게 빛나는 풀이었나 꽃이었나

위기의 밤

밤은 또 다른 위기였다

뒤척일 때마다 밤의 목을 옥죄며
주간의 일들을 상황별로 심문한다
시침과 분침과 초침의 교차점이
창살로 무성하게 돋아나는 불면의 밤

과거가 된 시점이 흘러가지 못하고
시간의 교차점 사이사이 체증으로 남아
나를 물끄러미 바라보거나
가끔은 역류해서 삼키려고 한다
때론 불투명한 미래도 포위망을 좁혀 온다

의식은 자꾸 꼿꼿해지고
육신마저 모든 감각을 일으켜 세운다
밤의 그림자가 아무리 깊어져도
의식은 전혀 그림자를 내리지 않는다

강보 속에 생각 없이 누워
가장 편한 잠 속으로 회귀하려는 나를
자꾸 밀어내는 밤의 횡포 속에서
다만 완벽한 본능 속으로 실종되고 싶을 뿐이다

벚꽃의 안부(어떤 죽음)

햇살의 촉수가 뻗는 곳마다
연둣빛 음표가 잠을 깨는 4월

가장 높은 명도를 딛고선 벚꽃들이
모든 웃음마다 명도도 높여 주더니
불어온 살랑바람 따라
꽃잎 머문 자리마다
푸른 하늘도 부서져 내리고
햇살과 향기마저 표표히 해체되고 있다

그 눈부신 풍장(風葬) 뒤
이어지는 수장(水葬)
호수 한쪽 수면으로
돛 내린 채 떠다니며
아름다웠던 시간이 고개 돌려
하나둘 눈 감고 있나 보다

가장 밝고 화려했던 시간의 죽음
이토록 고요하게 저물어가다니
차마 불 끌 수 없는 이 기억
가슴 깊이 길게 찬란하리라

16

시간의 암호들

죽어버린 시간은 흔적을 남긴다. 시간이 기울어지는
틈을 엿보던 물은 어디든 발을 뻗어 뿌리를 내리고 서
서히 석회암을 녹여내는 동안 동굴 속 미지의 지평은
커져만 갔다. 천장에 매달린 종유석과 바닥의 석순이
빈 공간을 막아서도 시간은 전혀 개의치 않았다. 어둠
속에서도 퇴화하지 않고 벽을 핥아 해독할 수 있는 바
람의 눈 때문이었다. 그 벽면에 그림과 조각의 진화가
소통의 언어를 낳는 동안, 지상의 강들은 문명을 낳았
다. 언어는 자꾸 벽 밖으로 빠져나가 서신이나 책에
또 다른 벽을 만들고 집을 짓기 일쑤였다. AI까지 인
간 대열에 끼어든 갖가지 방식으로 언어의 소통 프리
즘은 진화되었지만 혼선과 다툼은 날로 잦아졌다. 단
순한 동굴의 소통, 그들의 단순한 아름다움을 대신할
언어는 사라지고 그 시대의 시간만이 화석으로 남아
호모 사피엔스의 언어로 불린다.

벽화와 함께 동굴은 종유석이나 석순이란 이름으로
단단한 시간의 등뼈를 세우지만 인간은 어둠의 언어
를 해독하지 못한다

동굴 속을 지나간
오늘을 관통한 시간이 또 한 겹 화석으로 멈춰 섰다

바람도 잠시 가던 길 멈춘 채 사색에 빠져있다.

여름의 푸른 오선지

새벽부터 높은 음자리표로
여름의 정점을 예고하는 새소리

깊은 밤까지 푸른 음표를
쉼표 없이 쏟아내는 매미, 풀벌레 소리

예고도 없이
폭염의 정수리를 나선형으로 뒤흔들어
한순간
모든 음을 덮어버리는 소낙비 소리

음 사이사이, 더위 사이사이
b(플랫)과 #(샵)으로 내지르게 하는
음계(音階) 밖 파도 소리, 폭포 소리

청각을 열고 흠뻑 젖고 싶은 마음
자동 되돌이표로
여름의 악보를 연주 중이다

* 음악 부호로 b(플랫)은 반음 내려가는 기호이고,
  #(샵)은 반음 올라가는 기호임.

겨울 자작나무 숲에서는

바람만 가득 눈 뜬
한겨울 자작나무 숲속
언 땅 디딘 시린 발
칼날 된 바람이 갈기갈기 채찍질해도
한 겹도 젖지 않고 하얀 나목으로
깊은 어둠마저도 밝게 지키는 그 기품

때로 불쏘시개로 문명의 풀무가 되고
때론 화촉으로 사랑의 풀무가 되어
수피(樹皮) 한겹 한겹 벗겨
달빛 동봉한 연서에서
해인사 팔만대장경 목판까지
사랑도 역사도 써 내려가라고
젖지도 썩지도 않고
흰옷의 백작처럼 그리 당당했나 보다.

자작나무숲에서는
텅 빈 어두움과 깊은 고독 속에서도
그 바람이 여전히 맑게 눈 뜬 채
숲을 돌고 돌아 필사한 문장들이
나무로 서서 그리 하얗게 빛을 뿜나 보다
저마다의 이름을 낱낱이 세워, 갈 길 밝혀주면서

밤의 언어

도시는 밤이 되면
낮과 다른 언어를 쏟아냅니다.
색깔도 온도도 움직임도 다른
문명의 선두를 걷는 빛의 언어

평면이었던 빛들이 입체로 올라서고
늘 그 자리를 지키던 빛들이
수십 년간 응고된 시선을 풀고
도시의 붉은 혈관 되어
쉴 새 없이 흐르는 언어
대형 크리스마스트리가 되어
쉴 새 없이 반짝이며 내쏟는 언어

때론 심장까지 뒤흔드는 음악과 함께
감정선을 어지럽게도 하지만
소리 없는 세레나데의 음표 되어
설레는 언어로 깜박이기도 하는
때론 은밀한 교신과 타협으로 농염해지기도 하나
예리한 시선으로 범죄의 꿈을 박살 내
가족을 따뜻하게 지켜주기도 하는

냉철한 주시와 따뜻한 기다림 사이
또 다른 채널로 깜박이는 언어
1세기도 훨씬 넘게 한강 물빛과 함께
그 언어는 밤이 깊어갈수록 명징하게 불어옵니다

나무의 역설

마을 어귀 큰 나무
여름의 밑동에서부터 그늘로 걸어 나와
한껏 넉넉한 품을 내주는

가지마다 이파리마다
사람들 각각의 하소연 받아 안고
밤새워 대신 울어주거나
바람결에 살랑살랑 풀어주거나
햇볕에 증발시켜 주고 있다

나무는 늘 그렇듯 길 위에 서서
길 잃은 울음의 바닥을 들여다보고
바람으로 대신 노래했던 걸까
떠난 자들의 슬픔을 대신 앓다가
강풍에는 의식도 혼미해지지만
옹이마다 나이테마다 아픔 새겨둔 채
낙엽으로 돌아누운 채
그 계절을 떠날 줄도 안다

아픔에 부대낀 날이 많을수록
가지도 늘어나 바람이 떠날 줄 모르는
그 역설, 뿌리에서부터 꼭대기까지
계절마다 나부끼고 있다

봄날, 그 아우성 너머

봄의 두근거리는 호흡이
살랑바람으로 불어오는 날

푸른 생명 지켜내려
추위와 어둠의 바닥에서 멈춘 것들이
연둣빛 아우성으로 돋아
다시 바삐 흐르고
봄 햇살 아래 하나둘
제 모습 밝혀가는 계절

각각의 빛깔 찾아
꽃도 배시시 문을 열고
향도 함초롬하게 눈을 뜬다

긴 겨울 깊은 어둠 몇 겹인가를 벗어 핀 봄
더 소중해진 무게, 더 떨리는 이름
파란 하늘에 또박또박
새기고 있나 보다
하늘거리는 윤회의 한 모퉁이 너머

꽃 피는 솥

언젠가부터
폐철도 옆 녹슨 가마솥 안에
무허가 전세로 들어와
밝은 표정만 모여 사는 노란 꽃 가족

기한이 언제인지 계약서도 없지만
주름살 하나 없이 활짝 피어
고여가는 세월에도 녹슬지 않은 표정으로
그 곁을 지나는
저마다의 기분을 어루만져 주고 있다

늘 언덕 같은 엄마 품 되어
때맞춰 꽃봉오리 열고
집세 걱정 없는 밝은 웃음까지
대 잇기를 하고 있다

불씨를 피우고 가족의 끼니 지키던 가마솥
어디쯤에서 아궁이를 놓치고 말았을까

저 화려한 노숙,
주인도 찾지 않는 그곳

햇살로 불 지펴 지어둔 꽃밥 한 솥
불꽃보다 뜨거운 꽃
오가는 이들의 마음에도 따뜻하게 피어나고 있다

봄비

긴 겨울 견뎌온
봉인 푼 그리움이
봄비로 흘러내리는 3월 어느 날

마른 이름으로만 흔들리던
낮은 무채색 생명 아래
깊은 어둠 속에 뿌리 뻗으며
마중물로 온 힘 모아 끌어 올리는
연둣빛 생명의 물

몇 모금 물로 온몸 곳곳
세포마다 혈관마다
색깔의 기억, 향의 기억
접힌 각도까지 깨우려는 걸까
푸른 하늘 향해 오랜 침묵 털고
입 벌린 채 까치발 들어
접신(接神) 의식 치르는 걸까

지상의 모든 생명의 통로마다
봄 눈과 기공(氣孔) 낱낱이 열렸으니
비상을 꿈꾸는 나비의 푸른 하늘도
맘껏 열어줬으면
씨앗의 꿈들도 하나둘 발아되고
꺾여진 희망도 이곳저곳 피어났으면

불면의 밤 3, 노사관계

밤의 입속으로 들어가는 길은 몇몇 걸림돌이 있다
짝의 날숨과 들숨소리의 밑바닥이 가닥가닥 보이기 시
작하고 주변 소음 속에 묻힌 윗집 소음의 내장을 들키기
도 한다
시간이 흐를수록 번뜩이는 밤의 날은 어떤 자세도 불편
하게 만들고 가라앉아야 할 의식들이 하나둘 다시 떠올
라 구름 기단처럼 몰려다닌다
해체된 낱말들과 문장들이 담을 넘어 다니고 밤의 어두
운 틈으로 쉴 새 없이 추락한다 몰락을 붙잡아 제 위치
에 앉혀야만 한다
자꾸만 달아나는 글의 몸통을 기록하라는 신호를 주는
밤의 기벽, 아니 나의 기벽을 받아들여야만 밤은 깊은 수
면 속으로 날 삼킬 것이다
글의 몸통이 제 위치를 찾게 되면 비로소 안락하게 커지
는 밤의 입

밤과 나,
일이 끝나야만 휴식을 주는 엄밀한 노사관계였다니!

제주에서는

제주에서는
바다가 태양보다
먼저 눈 뜨고

제주에서는
마음이 별보다
먼저 반짝여

잃었던 길 찾아
잊혔던 그리움이
초록바람으로 불어온다

대학병원 진료실 밖 풍경

예약된 병만 시간 맞춰
병원 대기열에 낄 수 있었다

수인번호처럼
번호 부과로 시작되는 진료실 밖 장치들

순번을 밀친 크고 검은 그림자로
영문도 모른 채 밀려나기도 하지만
여전히 호명을 기다리는 불안 섞인 대기 번호들

보이는 증세로 들어섰다가
수많은 검사와 분류 끝
보이지 않는 모세혈관처럼 퍼져나가는 병명들
각자 지나온 길 어디쯤에선가 발아된 제3의 DNA
추가된 한두 줄의 병력까지 집어넣은 게
제 유전자의 이름표란 걸 확인하고
그 병명들에 복종해가는 그들

몸에서 부는 바람 소리와
각종 병명으로 덜컥 내려앉는 자리마다
혈관 맑은 신생아 수라도 불어났으면

대학병원 늘어선 병동마다
모세혈관에 숨은 병들의 체중으로 매일 어지럽다

길이 품은 길

길은 끝이 없었다

길이 지상에서 체중으로 지쳐갈 때
눈 달린 발은 재빠르게 다른 높이를 택해 본다
지하를 숙주 삼아 날로 뻗어가는 도시의 혈관
빠르고 정확한 이동 수단으로 업그레이드 되었다

때로 부작용으로 씽크홀이 생겼지만
몇몇 기우(杞憂)는 씽크홀로 빨려 들어갔고
소음과 진동도 은밀하게 피해
길은 더 깊숙이 내려갔다

9호선까지로 부족해
수도권에 또 다른 신종 진화가 자라나고 있다
지하의 어둠은 이미 충분히 밝았고
수많은 주차장과 터널까지
우회되는 모든 길은 직진할 힘을 키웠다

불가능이란 없는 땅의 신(神)이 되어
어둠을 밝은 만남으로 이어주고
주변 상가까지 수많은 직업을 토해내어
또 다른 미래가 되고 있다
길은 오늘도 진화 중이다

2부

그라나다 알함브라 궁전 일몰

가슴 속 붉은 울음 알함브라궁전의 추억

붉은 성의 실루엣이 일어나고
세기를 뛰어넘은 암호가 열리면서
축조하던 무어인들 생애와 왕의 눈물
잠시의 애환과 타레가의 이루지 못한 사랑
그 잃어버린 시간의 맥박들이 다시 뛰는 곳

기타 선율마다 숨결로 깃든 채
그 역사의 핏줄이 붉은 울음으로 엎드려
영혼들의 숨결과 여행객들의 숨결 사이를
슬프도록 아름답게 흐르고 있나 보다

정해란 제1여행시화집 『설렘과 낯섦 사이』 수록 작품 중 일부

바람의 시 3

바깥에서 부는 바람 아닌
내 안에서 부는 바람이

예리한 각도로
깊숙한 나를
밑바닥까지 헤집어 바라보는 날

닿는 곳마다 비로소 열리는 길
부는 곳마다 비로소 피는 글

내 안에 잠복한 바람이
감정 낱낱이 해부하며
오늘 나를 쓰고 있다

출구엔 한 뼘 가벼워진 햇살만
길어 희미해진 그림자 내리며
낮달처럼 엷게 웃고 있다

바람의 시 4

고개 숙인 채 엎드려 있던
어젯밤 바람이 하나둘 깨어나더니
희미한 여명 속
천 갈래, 만 갈래
푸른 길 열었나 봅니다

푸른 잎들의 나붓거림 따라
맑은 햇살들의 재잘거림 따라
결 다른 푸른 길을 냈나 봅니다

마침내 그 바람길 끝마다
머금었던 빗방울 후드득
바람마다 품은 슬픔 한 움큼이
바람마다 젖은 삶의 무게 몇 다발이
기어이 감정을 터뜨렸나 봅니다

톡톡 빗방울 나뭇잎 딛고 가는 소리
바람은 또 그렇게
빗속에 자라나는 감정이
다 지나갈 때까지
소리 죽여 기다리나 봅니다
방향도 강도도 눈 감은 채

바람의 시 5, 산들바람주의보

날씨는 수시로
수평을 무너뜨리려 저울질한다

부는 바람결마다 슬픔만 가득 눈 떠
울음 터뜨리기 직전의 오늘 날씨
그 바람 닿는 곳마다 생채기 파고든다

삶 밑바닥에 가라앉거나 흘러간 감정마저
다시 불러 세우며
그날의 깊이와 무게로 뿌리에서부터 휘젓는다

체증을 풀어주려는 걸까
또 다른 체증으로 남으려는 걸까

방향도 계산되지 않은
물기 가득 품은 산들바람
거리 두기마저 위태롭다면
마음의 수평을 맞추기보다
그냥 함께 유연한 바람이 되리
딱 그 바람을 닮은 바람

인물묘사 3, 드라이플라워

슬픈 이름 하나
그녀에게서 드라이플라워를 봅니다
온기가 남김없이 빠져나간 웃음
수액이 온통 말라버린 몇 마디 말

온갖 축하와 설렘도
한 방울 향기도 없이
무표정으로 퇴색되고 있습니다
색깔은 먼 기억 속에만 동여맨 채

바다만 응시하던 눈길
슬픔을 한꺼번에 쏟아낸 무게로
먼 수평선은 한 뼘쯤은 낮아져 휘청
그 순간 그녀의 슬픔마저 말라가고 있습니다

화려했던 슬픔 진 자리
꽃잎마다 촉촉이 머물렀던
어떠한 감정도, 어떠한 생명도 훌훌 벗어나
스치기만 해도 부서질 것 같은 그녀

이름 서서히 잊혀가는 꽃
이미 식은 채 돌아누워
불러도 대답마저 마른
슬픈 이름 하나

포노 사피엔스[1]

기상부터 취침까지
온전히 자유로울 수 있는 날이 얼마나 될까
각자 한 번 들어선 굴레에서
벗어나지를 못하는 노모포비아(Nomophobia)[2]

비좁은 전철 안, 버스 안, 식탁 앞
마땅히 시선을 둘 공간이 없거나
그곳 가상이든 현실이든
온 세계가 네트워크로 다 접속되어
휴대폰 속 수천 길로 들어서는 그들

입구는 손바닥 안이지만
길이 길을 낳고, 또 다른 시공이 눈 떠
태어난 길마다 계속 번식한 길들이 무한대로 열리니
끝내 출구라는 종착역은 없다

진화의 선두에 발 디뎠던 신인류는
어느새 그 중심축이 되어
오장육부 외에 휴대폰이라는 또 다른 장기를
영구세입자로 들이기로 합의했다

소통 속 불신, 차원이 다른 단절도
깊이 모를 상처도 다 감내하면서

---

1) 휴대폰을 뜻하는 'Phono'와 생각, 지성을 뜻하는 'Sapiens'의 합성어인
   '포노 사피엔스(Phono Sapiens)'란 '스마트폰 없이 살아가기 힘들어하는 세대'를 뜻함.
2) 노모포비아(Nomophobia)'란 '노(No) 모바일(Mobile)'과 공포를 뜻하는 '포비아
   (Phobia)'의 줄임말로, 쉽게 말해 '스마트폰 금단현상'

시평(詩評), 잘못 고른 열쇠일 때

수많은 길로
시를 열기도 하지만
어떠한 길도 풀지 못한
또 하나의 족쇄일 수도 있는 시평

시의 빛깔과 지평을
맞지 않는 열쇠로 열어간다는 건
시를 또다시
웅크린 어둠 속으로 가두는 것
바람의 목을 비트는 또 다른 봉인

시평
딱 맞는 열쇠더라도
한 시선으로만 열어가는 건
꽃의 향을 단죄하려는 칼의 언어

이파리들의 절정

가을비 그치니
이파리가 머금었던 물기
또로록 이슬과 함께 밀어내고
깊게 스며든 가을 햇살에
부스스 기지개 켜는 나무들

아직은 짙푸른 눈으로
몸속 장기마다 햇살 건네며
지난 계절의 추억을 채집하고 있다.
뒤꿈치까지 바짝 들어
가을 햇살 켜켜이 쌓다 보면
바라던 빛깔에 다다르리니

이파리들의 절정은
짙게 아우성치는 여름 잎 일지
물들어 곱게 눈 뜬 가을 잎 일지
알 수는 없지만
어쩌면 깊은 사색에 잠긴 단풍이
빛깔 다른 기후와 계절 모두 지나온
나무가 쏟고 싶은 시가 아닐까?

인연의 네트워크

우리는 각자
매일 무수한 소행성 되어
돌고 또 돌아갑니다

나를 축 삼아 도는 소행성들
누군가를 축 삼아 돌고 있는 나

별이 뜨고 별이 지듯
떴다가 지는 우리의 관계
달이 차올랐다 사그라지듯
설렘으로, 울림으로 차올랐다
희미해지는 인연들

깊이 뿌리 내리고 싶은 마음
스쳐 지나면서도 그리워지는 순간들
달의 뒤편처럼 자꾸만 엇갈리는
그러면서도 억겁의 세월 끝
결국 만나고 마는 인연

우린 네트워크 파장 어디쯤에선가
각자 소행성으로 떠
오늘도 인력(引力)에 따라 원을 그리며
누군가를 찾거나 꽃 피우고 있습니다.

꽃이 식어가는 걸 바라보면서도
닿지 못할 거리라서
자전과 공전만을 계속하면서

배달주의보

현관문을 열고 집 밖으로 나가는 순간,
몇몇 낯선 그림자로 집을 지키는 택배
몇 겹 지문으로 삶의 물증이 된 택배 물품
택배의 이마마다 소인은 빠짐없이 찍혀있다
책에도 옷에도 신발에도 외출에도
위장 속으로 들어오는 음식물에도 빈틈없이 찍힌 소인
하루에 한두 개, 명절에는 서너 개씩,
날마다 거침없이 지구를 횡단하는 해외 직구 택배까지
아파트 중앙현관 비밀번호는 이미 택배사들이 점령하고
비밀도 없이 언제든 열린다
배달되는 모든 것 그 이유에도 소인은 빠짐없이 찍혀있다
오늘도 주인을 찾아온 택배부터 공장을 거친 모든 포장까지
호모 사피엔스의 연결통로에서 만나는 것들,
종국에는 플라스틱 아일랜드의 몸집을 키우는 죄명으로 바
다에 수감 되어도 시시각각 해양생물을 옥죄고 있다
바다에 죄를 문책해야 하나? 삶에 죄를 문책해야 하나?

공생의 해법, 곶자왈

분출되던 용암이
바위를 쪼개면서 서서히 흘러
요철지형으로 이뤄진 척박한 돌무더기
바람의 땅, 긴 세월도 풍화되면서
바위틈으로 흘러든 물이 문 두드려
꺼져가는 숨을 살린 덤불 숲, 곶자왈

용암이 흐르던 숨골과
땅이 숨 쉬는 숨골 밖에서도
바람이 쉬지 않는 서귀포에서는
수천 생명이 이름 모를 씨앗으로 날아와
뿌리내리며 대를 잇는 생명의 뜨락

다른 종(種)끼리 섞이다 보니
종을 지키려는 생존의 본능 속에
서로 성장 촉진제가 되었구나
북방과 남방한계 식물도 공존하는 딱 그 위도에
어느 것 하나 홀로 서지 않고
서로 엉켜 기대니 편안해진 공존의 숲

산소를 내뿜고 CO_2를 흡수해야만 살아남는
곶자왈의 생태계
숨골에서는 쉴 새 없이 내쉬고
인간의 날숨은 마셔야만 하는 또 다른 공생

공생의 아름다운 해법
한 줄기 바람으로 전해 주는
숲의 푸른 허파, 곶자왈

'결국'이라는 부사

시간과 땀의 응결로 이룬
치열했거나 숨죽인 기대가 빛나는 순간

빛나는 예상에도 불구하고
방향이나 과정이 잘못되어
형체도 없이 무너져버린 순간

등 돌린 두 결과를 모두 품고 사는 부사

가슴 벅찬 순간
양지의 발돋움판이 되거나
수용 벅찬 순간
나락의 씨앗이 되기도 하는

그 부사가 가진 갈래 길에서
그대가 읽은 것은 어떤 이정표인가
얻은 것과 잃은 것은 무엇일까

설사 다른 결과를 손에 쥐더라도
이정표를 어떻게 읽느냐에 따라
인생의 빛깔이 달라질 수 있는
'결국'이라는 부사

나이테의 유서

숭숭 뚫린 벌레 구멍에
바람 따라 깊어진 병색이 드나드는
붉은 낙엽 몇 장
등 돌린 채 길가에 모로 누워 있다

봄 햇살 투명하게 품은
보드레한 유록색 이파리
달빛과 별빛까지 품어 겹겹이 햇살 담아
층층이 붉은 시를 써 뒀던 어느 가을

결 다른 날씨에 맞서
갖가지 감정선을 다 담았지만
예기치 못한 병충해까지 숙주 삼아 뻗으니
잎맥의 흐름 타고 돌고 돌다 지쳐
유서처럼 나이테만 한 겹 남기고
겹겹이 쌓인 삶의 무게 다 벗고
어느 밤 어머니처럼 돌아누웠나 보다

가을바람만 유서를 해독하느라
낙엽과 나이테 사이를 조심스레 서성이고 있다

새 1, 대양을 비행하는 큰뒷부리도요새[1]에게

먼 비행에 오른 새야
알래스카는 돌아보지 마
빈 뼈에 크기마저 비운 장기들[2]
자꾸 무게에 덫을 치니까

꿈을 꾸지 마
뇌의 절반씩은 깨어있어야 해
날개 젖으면 꿈도 젖으니까

탁 트인 시력으로
먼 수평선 너머 뉴질랜드 습지 평화에
너의 목표 먼저 착지시켜 봐
며칠간의 쉼표 없는 비행도 이겨낼 수 있어

사유를 끝낸 바람의 그림자
지나온 괘도마저 삼키려 하면
속도의 블랙홀에서 서둘러 벗어나야만 해

밤낮을 쉼 없이

뜬 채 날아온 고독한 눈

아직은 닻 내리지 마

어떠한 포식자도 닿지 못할 높이로

네 꿈 맘껏 비상해봐

대양을 다 건너기 전엔

그 길을 결코 멈추지 마

네 눈물이 피워낸 천상의 꽃

높이 비행하며 쉴 새 없이 피어나는 꽃

가장 아름답게 눈부시리라

1) 인공위성으로 경로를 추적한 결과, 알래스키에서 이륙한 큰뒷부리도요새는 8일 동안
   1만1680㎞를 쉬지 않고 날아 뉴질랜드 피아코강 습지까지 비행한 기록을 세움.
2) 도요새에게는 최대한 많은 지방을 몸에 채우기 위해 비행 동안 불필요한 소화기관
   등 모든 장기는 최소화시킨다고 함. (출처 : 한겨레환경생태 전문웹진 물바람숲)

새 2, 슬프게 빛나는 알바트로스

지상에선 한없이 슬프지만
천상에선 한없이 빛나는 새

너무 긴 탓에 덜 접힌 듯한 날개는
땅에 질질 끌리는 슬픔 되고
벗을 수 없는 물갈퀴 낀 발로
뭍을 뒤뚱거리면서 놀림 받는
지상의 바보 새

천적 없이 살아온 탓에
낯선 그림자 거리 좁혀와도
피할 수도 날아오를 수도 없구나.
빼앗기는 알도, 새끼도
바라봐야만 하는 그 크기에 묶인 이름
먹이로 알고 먹인
플라스틱 쓰레기 때문에
새끼 잃고 하나둘 멸종되는 새야

교미의 과욕을 버렸기에
일부일처의 해로(偕老)
그 평화를 꿈꾸었지만
상처뿐인 착륙의 기억 속
몰락되어가는 꿈으로
어설픈 배회만 거듭하는 새야
절대 꿈을 놓지 마

바닷가 절벽에 외로이 서서
폭풍우 심해지는 때를 기다리는 새야
마침내 바람의 눈 속으로
가장 큰 날개 펴
가장 멀리, 가장 높게, 가장 오래
비상하는구나
느린 바람층과 빠른 바람층 사이에서
바람의 힘을 맘껏 이용하는 그 지혜
그 위대한 동선이 온통 빛나는 새야

천상에선
날갯짓 한번 않고 6일간 비행하고
두 달 만에 지구도 한 바퀴
짝 찾아 10년도 비행할 수 있다는 새야
맘껏 자유로운 바람이 되어
아름답게 비행하는 전설이었구나

사위(四位)가 잔혹한 덫
햇살이 교차하는 곳마다
낮은 슬픔 기다리는 지상으로는
더이상 착륙하지 마
차라리 더 높게 날아 위대한 신화가 되렴
지상에선 한없이 슬프지만
천상에선 한없이 빛나는
알바트로스 별자리로 남아 주렴
영원히 사라지지 않을 별자리

* 알바트로스는 '몰리모크(mollymark, 바보갈매기)라는 별명을 가지고
  있다. 일부일처제로 사람들에게 쉽게 잡혀서 멸종위기까지 내몰린
  바보 새로 국제보호새가 됨. 출처 : 위클리서울
* 비행 가능한 조류 중 가장 크고, 수평비행 시 가장 빠른 새로 기록되어
  있다. 알바트로스는 3~4m의 긴 날개를 이용해서 아주 적은 에너지만
  으로도 오랜 시간 공중에 떠 있을 수 있다. 출처 : 나무위키

새 3, 꿈을 생포하는 덫을 벗어

새벽 미명부터 여명까지
몇 번을 쪼아야만 할까?
남은 어둠을 쪼아 빛을 여는 새

발꿈치 내린 지상의 온갖 소리
그 청아한 소리로 안개도 걷어내
저마다의 음계(音階)를 깨우는 새

노을 따라 잠시 흐름 잊었던
아직 잠 덜 깬
강물의 비늘을 세워 소리를 깨우고

새벽 산의 깊은 어두움 속
긴 묵도(默禱) 벗어나라고
뒷산 어깨 밑 날갯죽지 쪼아대며
느릿한 기지개를 기다리는 새

시야를 씻고 또 씻어
먼 바람의 꿈과 방향까지
낱낱이 감지해 내
텅 빈 뼛속 때리는 바람을 가르는 새

다시는 못 날게 된 도도새가 사라져간 땅
천적 없는 평화는 꿈을 생포하는 덫
아무리 고독해도
눈먼 새로 내려앉진 마
어떠한 천적도 자기장 밖으로 밀고서
더 높은 곳의 산소를 더 넓어진 자유로
모든 시선 벗어나 맘껏 꿈꿔 봐

때론 내려앉고 싶어도
추락하지 않을 근육의 힘을 세워 봐
때론 피의 방향을 어지럽혀도
체온만큼은 내려놓지 마

노래인지 울음인지 모르지만
천상과 지상을 잇는 그 맑은 소리로
세상 소음 좀 닦아 줘

천 개의 바람으로 씻어낸
그 맑은 시야로
안개같이 뿌연 세상 온통 개일 수 있도록
또렷이 더 또렷이 씻어줘

* 갈라파고스 현상 : 어떤 집단이나 국가가 세계 시상, 환경, 흐름과 단절되거나
                  고립되어 낙오되는 현상임. 조류는 갈라파고스 제도처럼
                  고립된 지역에서 천적이 없고 풍부한 먹이 덕분에 거대화되는
                  경향으로 나는 능력을 상실하는 종도 있음. (출처 : 나무위키)

테라리움, 작은 우주

어느 봄날 그들은
흙 속에 심은 작은 식물에 흠뻑 물을 주고
어떠한 것도 철저히 차단하는
작은 우주를 만들기로 했다

바람도 미세먼지도 바이러스까지도
입장 불가!
햇빛만큼은 무한정 입장하는 통유리 곡면 창문
그 세계는 마스크 없는 청정구역이었다

자급자족이라는 규칙과 운명이 매일 커가는 이곳은
처음 뿌리에서 흡수한 물이 약속처럼
줄기 속에서 분수처럼 거꾸로 자라
햇빛이 부르는 이파리마다 기어오른다
매달린 순서대로 수증기로 증발되어
그 투명한 하늘벽에 응결되어 무게를 못 이기면
주르륵 이슬로 미끄러져
유려하게 생명의 사이클을 찾아 흐른다

그 안에 사는 어떠한 바람도 없지만
마음으로 불어온 바람 한 줄기
그 신비로운 순환에 한나절을 흔들린다
물이 길을 잃지 않는 한
초록 생명은
몇 년이라도 맑은 눈으로 나부낄 것이다

* 테라리움(terrarium)은 일반적으로 토양 및 식물을 포함하는 밀봉 가능한 유리 용기

3부

스페인 사그라다 파밀리아 성전

환상적인 디자인과 스테인드글라스의 오묘한 색상
이들이 이룬 각도와 채광으로
빛이 사위(四圍)로 장엄하게 산란하고 있는 곳
빛의 부활 그 시작과 끝이 공존하는 곳

정해라 제1여행시화집 『설렘과 낯섦 사이』 수록 작품 중 일부

가을비

기나긴 기다림
가을을 재촉하는 빗소리의 꼬리에
서늘한 바람이 묻어있다

폭염이 머문 자리마다
마른 하늘만 바라보다가
기억을 잃어버린 이파리의 기공[氣孔]
마른 기억을 적시며 일제히 들썩인다

때 이르다는 가을장마
기억의 문 와락 적셔가니
잃었던 감각이 다시 열리나 보다

마스크에 갇힌 얼굴들
마음이 점점 가물어가는데
어디에도 단비 소식은 없던 날들
실어증 걱정까지 씻어내리는 가을비

잊어버린 이름도 하나둘
어둡던 그리움도 하나둘
빗소리에 다시 움이 돋는다

꽃의 귀향

한 아름 장미가 벽에 거꾸로 매달렸다

누군가에게 전했던 감정의 빛깔들
꽃에 담긴 기쁨, 축하, 감사, 설렘마저
그 빛이 바래고 있다
화려했던 온도가 시들어가고 있다

첫말이 울음으로 번역되는 순간
태어나는 기쁨도 우렁찬 울음이었다
울음을 직역한 건 꽃들 뿐이었다

입학이라는, 취업이라는, 고백이라는, 결혼이라는
인생길 첫걸음부터 마지막 운구까지
사람의 감정을 대신했던 꽃

스포트라이트를 받을 때마다
주인공보다 화려하면서도
주인공을 더 화려하게 빛냈던 꽃

온갖 기억은 꽃잎 깊숙이 숨긴 채
서서히 말라가는 드라이플라워
향도 색도 한 아름 무게도 버리고
어디로 귀향하는 중일까

오열과 통한으로 쓴 역사, 그날 2

차마 건너뛸 수 없는 계절
젖지 않은 이름이 없었던
수백의 낙화

산산이 부서져 간
푸른 운명이 쓴 그 날
수년이 지나도 피어나지 못해
승천할 수 없는 젖은 이름들

날마다 지는 해를 넘길 수 없어
바다로 간 눈물들만 승천해
응결된 슬픔의 무게 견디지 못하고
오늘 또 비로 내리려나 봅니다

하늘도 바다도 꼭 다문 채
또 잊으려 하는 망각의 땅
비로 푸른 기억 싹 틔우려는 걸까요

유족들 가슴마다 자라던
푸른 기억이 한꺼번에 오열하며
해마다 그날은
켜진 기억들 따라 산하도
목멘 채 푸르게 하늘거리나 봅니다

* 세월호 사건 7주기, 그날을 애도하며

양궁, 꿈을 쏘다

한 점으로 향하는 집중력이
한 치의 오차도 없이
심박수마저 평온하게 눕혀
팽팽하게 당긴 활시위 떠난 순간

어떠한 마음의 흔들림도 없을 때
어떠한 바람도 뚫고
수직의 과녁 그 이마의 한가운데
수평으로 정확히 꽂아
상대의 꿈을 온통 혼절시킨다

최강국의 심장에 뿌리내린 애국가는
일본 땅 이미 벗어나
대양과 대륙 건너 지구 끝까지
금빛으로 장엄하게 울려 퍼진다

낯선 통증

미세한 신경 한 가닥
갈 길 잃은 채 통증을 산란한다
내 몸 어디에 잠복해 우두커니
눈 감은 채 세월 가길 기다릴까

언제부턴가 돋아난
무채색 통증 한 가닥
그림자처럼 삶의 길목마다 기웃거린다

통증 밖으로 방향 돌려
그곳에 몰입된 순간엔
무표정한 타인처럼 잠시 희미해져 가지만

어느 순간 고개 든 통증
외면했던 시간까지 몰고 와
소금기 가득 배인 바람으로 일어난다

고독한 사막 낙타의 혹처럼
벗지 못할 무게로 짊어진 채
몸의 장기처럼 함께 가야 할까
어느새 바람 한 줄기
낯선 통증 안으로 불어오고 있다.

이 혹한기 다 건너고 나면
초록 바람 지나는 곳마다
꽃무더기 자잘하게
밝은 웃음으로 일어설 수 있을까

빈 생선 궤짝

아직 비린내 가득한 나무궤짝 몇 개
삶의 무게가 자꾸만 내려앉는 노인의
발뒤꿈치를 터덜터덜 따라 걷는 저녁

물속에서 싱싱하게 부풀던 부레와
지느러미도 놓치고
헤쳐 온 물결이 층층이 쌓인 물고기들

뭍으로 올라
하나둘 숨이 무너져가는 경계를 부침(浮沈)하다가
참았던 숨을 왈칵 쏟아버리고 말라가던 비늘들
시장 한 귀퉁이 좌판 궤짝에 줄지어 누웠다가
궤짝을 비우고 어디로 사라졌을까
파장으로 썰렁한 시장
빈 궤짝만 줄에 묶여
할머니 뒤를 따라가고 있다

햇살과 바람만
나뭇결마다 밴 바다향 말려주려
앞서거니 뒤서거니 함께 가고 있다

폭염의 정수리에

비 내린 뒤 타고 흐르는
청정한 산의 정기 모아
고요한 달빛 모아
이파리들의 이슬 모아

바람의 시와 숲의 향까지
함께 모여 흐르는
깊은 산속 계곡물
폭염의 정수리에 붓고
이 여름 한 옥타브만 가라앉혔으면

마스크 써야만 하는 세월
가슴 가슴마다
폭염에도 녹지 않을 얼음 조각이라도
시한부 장기처럼 세 들여 주었으면

편안함만 추구하다 불러온 재앙
지구온난화, 그 환경 알고리즘에서
이 순간만은 잠시 잊고서
모두의 정수리에
계곡물 한가득 쏟아져 내렸으면

한강 2

바람 따라 그날그날
달라지는 강물의 표정

잔잔한 수면은
양수처럼 부드러운 엄마 품이었다가

바람 따라 출렁일 때는
머금었던 상처마다 덩굴이 자라나서
발끝마다 걸리는 강물 울음에
마음 둘 곳 없는 방랑이었다가

장맛비에는 밑바닥 감정까지 다 드러낸
현기증 가득한 흙탕물이었다가

바람 지나면 또다시
낱낱이 하늘 풍경 읽으며
구름과 함께 담담히 흐른다

햇살마저 즐거워지는 윤슬 따라
산책하는 발길에도 푸른 음표들이 붙어와
일정한 흐름으로 들썩이는 한강

바람 따라 표정은 쉴 새 없이 뒤척이고
포구의 밀물 따라 방향 잠시 흔들려도
오랜 세월 한 방향, 서해로만 꿋꿋하게 걷는다
늘 싱싱하고 건강한 흐름, 한강

여행은 어쩌면

주어진 문장부호와 시간표에 따라
이정표대로 길을 걷다가
잠시 궤적을 벗어나 보는 것

바람이 불면 부는 대로
눈비로 쓸쓸해지면 쓸쓸해지는 대로
내 감정이 일어나는 모든 것들
포장 벗긴 채
그곳 유적지나 문화재, 그 시대에 머무는 것

잠시 속도에서 내려서서
이름 모를 꽃들과 천 개의 초록 품은 나뭇잎 위
건너가는 햇볕과 바람 따라
모든 생각 털어내고
함께 그곳 풍경 되어 하늘거리는 것

낯선듯하면서도 왠지 낯익은 그곳
이방인이지만 따스한 인정도 흐르고
새로운 길이지만 몸속 속도보다
빨리 익숙해지고 마는
여행은 어쩌면
몸속 혈관이 원하는 체온 찾아
수없는 경계선을 넘는 자유로움일까?
비로소 눈뜨는 실존을 찾는 길일까?

발들의 수다

늦여름 마을 어귀에 모여앉아
말을 걸어오는 할머니들의 발
주름살 맨 아래층 목소리를 서로 들춰내고 있다

바닷속 물질 때문에 종일
해녀의 검은 튜브 속에 갇혀
발들의 눈이 퇴화 되었거나 짠물에 부르튼 발의 하소연

뙤약볕에서 종일 밭일하는
기미 가득 끼어 투박한 발의 하소연

시장 좌판에 쪼그려 앉은 시린 발
다른 발길들 붙잡아야만 했던 발의 하소연

신발 밖으로 여기저기 걸어 나온 수다들이
여름 햇살처럼 길게 늘어진 채
빛깔 다른 수다에 맞장구치면서
길 밖으로 빠져나온 삶의 수다를
뼛속에서부터 풀어내고 있다

pen 끝

일어서야 할 것들은
일어서야 했다

죄는 때를 놓쳐서
예기치 않은 자기장에 구속된 채
침묵할 때 오는 경우가 많은 탓이다

일어서야 할 때 낮은 침묵이
걸어야 할 때 비겁한 고임이
더 무거운 죄의 연결고리를 키우고
그들만의 팬덤* 오류의 탑이 높아져 가
어떠한 예측도 벗어날 수 있다

펜의 방향이
정의를 향하는지
잘못 응결된 이념을 향하는지
대중의 시선은 늘 주시해야만 한다.
호도하는 것들이 종종
안개 숲에서 펜 끝을 바꾸기 때문이다

* 팬덤(fandom) :'광신자'를 뜻하는 영어의 'fanatic의 fan'과 '영지(領地)
또는 나라'를 뜻하는 접미사 'dom'의 합성어로서 특정한 인물
(특히 연예인)이나 분야를 열성적으로 좋아하거나 몰입하여
그 속에 빠져드는 사람을 가리키는 말

지하철 옆 우체국

지하철의 출발 음이
살짝 걸친 호흡으로
우체국 내용물은 오늘도
어디론가 건너가려 한다.
저마다 이마에 인장 새긴 채

비둘기에서 시작된 교신은
말(馬)로 달리다
차와 우편배달부의 궤적 뒤
육필 거의 사라진 거래
마음 빠뜨린 활자만 SNS와 네트워크 속에
초고속으로 진화하는 걸까?

육필 묻은 아날로그 우송으로
멀어진 마음마다 거리 잇는
인연의 끈, 우체국

떨어진 가족에게
소원해진 지인에게
나지막이 흔들리며 절로 피는
들꽃의 미소 같은

각자의 무게와 부피에
어김없이 함께 포장되는
따뜻한 인정까지 업로드하면서
길을 이어주는 또 다른 길

어둠은 노점상부터

가을 들녘의 덜 익은 곡물 틈 한 바퀴 돌아 나온 햇살
노점상을 몇 번인가 기웃거리더니
길바닥 고무대야로 늘어선 수수, 팥, 콩, 깨
그중에서도 아직은 미완인 곡물 목록에 앉아
마지막 가을 햇살을 채워 넣고 있다

텃세에 밀려 변변한 자리 하나 못 잡은 신세
길가 교통 표지석처럼 앉은 노점상 할머니도
곡물인 듯 주름살에 햇살만 채워 넣고 있을까?

국적도 생산자도 알 수 없지만
호객행위 못하는 숫기 없는 할머니 닮아
곡물들도 숫기 없이 다소곳하게 앉아있다

행인은 오가지만 고객은 없고
방향 돌린 햇살의 그림자만 길어져 가니
할머니 양어깨 실린 한숨은 무거워만 간다

가격도 시중 가격보다 겸손히 낮추고
며칠 분 햇살의 노동은 덤까지 얹어주려 했는데
오늘도 파장 때문에 밀리고 마는 삶
어둠은 왜 노점상 할머니부터 찾아오는지

계절이 건너가는 달

계절이 걷는 막다른 길의 끝
잠시 흔들리다가
한참을 더 흔들리는 곳
징검다리를 건너 어디로 가는지
나는 여태 이 계절의 안부를 모릅니다

봄은 수시로 유턴하거나 전복됩니다
어떤 신호등이 작동했는지
에움길로 몇 번 돌고 돌다
결국 이르게 된 키 작은 2월의 끝

어둠 속에 있던 수많은 씨앗
씨앗 속에 잠든 수많은 날씨
기억의 한쪽 벽을 살며시 밀어보면
그곳에 잠든 이파리와 꽃들의 이야기
바람과 햇살의 이야기
접혀 웅크린 채 차례를 기다렸나 봅니다

징검다리 서둘러 건너면서
눈썹까지 파랗게 물드는 봄

다문 입, 닫은 귀 열어
어둠 풀고 발랄하게 달려오나 봅니다

세계지도 속에는 2

세계지도 속에는
나라마다의 힘과 운명과 표정이
화색이나 혈관으로
때로 신경과민이나 지병으로 세 들어 살고 있다.

지리의 축복으로 만면 화색인 땅
전략의 깊이와 먼 예측으로
대륙으로, 해양으로, 자원으로
곳곳에 혈관을 뻗어가
멈추지 않는 힘찬 심장을 지닌 나라

그 심장의 정중앙을 겨눠
인구의 힘만으로도
구석구석 혈관의 흐름에 맞서 흔들려는 나라

기후의 축복 듬뿍 받아
젖과 꿀이 흐르는 성경 속 기적처럼
천연의 평화를 누리는 몇몇 나라들

땅덩이는 커도 부동항은 모두 이민 간 듯
녹지 않는 아킬레스건 때문에
해양으로 나가는 창살 속 감옥에서
발 묶여 사는 나라

강대국의 감기나 신경통에도
먼저 기침하고 몸져누워야 하는
병색 짙어 찢겨가는 국토지만
합의된 처방약은 영원히 나올 수 없는 나라
결국 국경선 벗어나 난민이 되어
생존과 자유 찾아
원치 않는 기생을 노릴 수밖에 없어
낱낱이 해체된 나라
알프스 융프라우 가는 기찻길 옆 들판
세상 온갖 시름 다 헹궈
무리 지어 맑게 반기는 작은 꽃들로
활짝 웃어주는 나라
찾는 지구인들에게 꽃처럼 작은 미소로
평화 한 다발씩 가득 선물하는 나라
모든 힘도 운명도 한시름 놓고 잊으라는

세계지도 속에는
교차하는 좌표마다 뿌리내린 혈관들이
매일 시시각각 나라마다
힘과 운명과 표정을 예견하고 있다.

세계지도 속에는 3
– 미국편

서부 시에라네바다 산맥이
태평양으로 갈 길을 열어주고
동부 애팔레치아 산맥이
대서양 해상의 힘을 키워주는 땅
에이커당 2센트에 사들인 알래스카는
금광에 유전, 대륙횡단철도로
꿈을 수송하기 시작했구나
신의 한 수 남부 루이지애나를 사들여
동서와 남북으로 묶어 주니
비옥하게 빛나는 표정
세계지도의 심장으로 맥박 소리 힘차구나
멕시코만이나 대서양까지 진출해
플로리다, 쿠바, 카리브해까지
파나마 운하 조약과 나토조약으로
천연항만까지 갖춘 해상의 왕 되다니
지리적인 축복도 수위 넘치는데
미래를 디딘 영토의 가치를 알아보다니
중동과의 관계 정리로 에너지마저 자급자족하게 된
그 전략의 깊이 어느 나라가 범접할까
타국 정부를 지원 보호하는 것 같지만
결코 이타적이지만 않은 숨은 표정도
푸른 이끼 속에 들키고서도 여전히
황금빛 미소를 짓는 세계지도의 힘찬 심장, 미국

다리

서로를 이어주는 봄날이었다가도
서로를 가르는 냉기류도 되는

사람과 사람 사이를
이념과 이념 사이를
때로 시대와 시대를 이어주는 다리

그 이념의 깃발에 숨긴
발톱과 탐욕 때문에
때로 뻗거나 때로 움츠리는 다리

서로 다른 문화와 시대를
이어주는 신선함이었다가
섞여 공전하면서
제 빛깔과 균형을 잃고
시대의 절름발이가 되기도 하지만
새로운 빛깔 찾아
막힌 길을 내주기도 하는 다리

4부

태평양 연안의 비둘기 포인트 등대

바다의 눈, 등대

- 상략(上略) -

바다로 나가는 길, 육지로 들어오는 길
그 길목의 푸른 신호등으로
길을 이어 길을 열어주는
또 다른 생명의 빛

오늘도 출항과 귀항까지 해독해내고 있다

바다의 눈, 등대

어둠 속에서 쉴 새 없이 명멸하는
또 다른 밤의 부호, 바다의 눈
해수면 위, 바다 밑 미지의 지도
파도의 높이나 방향도 읽어내는

만선의 기쁨을 실었거나 난파된 꿈이거나
긴 표류를 끝내고 귀항할 때는
어떤 모습도 다 받아주는 어머니
파도와 너울을 헤치며 항구의 품으로 돌아온 배들은
닻도 돛도 편히 발 뻗어
키를 몇 번인가 넘어섰던 상흔과 신경통을 치유 중이다

정박하는 배들이
쉴 새 없이 출렁이며 꾸는 꿈
태평양에서, 대서양에서, 근해에서
그 젖은 꿈을 높이 걸어 말리거나
부서진 꿈을 다시 모아
출항의 푸른 힘 키워주는 등대

바다로 나가는 길, 육지로 들어오는 길
그 길목의 푸른 신호등으로
길을 이어 길을 열어주는
또 다른 생명의 빛

오늘도 출항과 귀항까지 해독해내고 있다

햇살과 바람의 협주곡

아직은 풋풋한 기운이
텃세 부리는 농촌 들녘

햇빛 예각으로 기울어진 가을
여전히 어둡고 축축한 곳 없는지
부지런한 햇살은 꽤 길어진 손으로
농작물 일일이 진맥하며
바짝 말려 익히고 있다

덜 마르고 덜 익은 것들은
뭐든 탈 날 수 있는 법
햇빛은 목록을 몇 번씩 확인하며
누락된 것들 찾아
마지막 햇살을 선물하는 걸까

그 옆 서성이던 바람도
햇살이 짚어준 자리마다 재빠르게 뒤집으며
곳곳에 남은 신경통 알아채
엉켰던 건 살랑살랑 풀어주고
막혔던 길 솔솔 뚫어주며
햇살의 바쁜 일손 돕고 있다

가끔 길게 머물러야 할 곳은
햇빛도 바람도 숨 내린 채
그 위에 앉아 단잠 한숨

혹시 결실로 가는 그 길목
지치고 부서진 생명 놔 버릴까 봐
아낌없는 햇살과 바람으로
저마다의 빛깔과 윤기로 보듬어 주는 걸까

수확하는 농부의 함박웃음에 걸린
햇살과 바람이
유난히 빛나는 이유가
그들의 숨은 공로 때문인가 보다
농작물들의 유전자를 지켜 키운
햇살과 바람의 협주곡 때문인가 보다

나무들의 휴식

몇십 년일까? 몇백 년일까?
계절마다 다른 빛깔로
흔들리던 이파리들
길 가까이 뻗어가던 가지들은
어김없이 토르소를 거치면서
아픔을 스스로 치유해야만 했다
겨울엔 시린 발목으로 마른 채
눈 감고 입 다물다가도
봄 오면 정수리까지 수액 올려
온몸으로 연두색 노래를 풀던 나무
해마다 써 둔 둥근 유서 나이테가 겹겹이 쌓이니
이제 층층이 집으로 서 있다
땔감으로 구들장에 잡아둔 온기로
가족을 따뜻하게 지켜주더니
강이나 바다로 배가 되어 떠다니면서
삶과 문명의 다리가 되기도 하던 나무
가족의 편안한 수면을 지켜주거나
서로 따뜻한 음식을 나누는 자리로 내주거나
옷과 이불의 또 다른 집 되어
꼿꼿하게 사각으로 서서 지켜주고 있다
어느새 쌓인 체액까지 내뿜으면서
집의 틈, 가족의 틈까지 잡아주고 있다니
또 하나의 가족, 나무들은 휴식 중에도
가족을 지켜주고 있었구나

강하거나 부드럽거나 기습적이거나
- 4강 진출 여자 배구를 시청하며

4년 동안 세포마다 축적된 기량
온몸 감각으로 뿌리내리고
그간 새겨진 한민족 공통의 DNA로
승세의 예감으로 맥박이 치솟는 배구코트

상대가 세계랭킹 상위팀이라
예상 밖 역공격에
피는 밑바닥까지 가닥가닥 마르고
시청자의 심박수까지 요동치는데

'후회 없이 싸워보자는'
맏언니의 파이팅 넘치는 독려에
인고로 응축된 세월의 이마에 맺힌
땀방울에도 힘이 실린다.

빈틈을 순간적으로 읽는 시선이
공격의 상투를 휘어잡는 최선의 공격
상대의 시선을 먼저 읽는 대응이
상대 에너지 명중시키는 최선의 방어
강하거나 부드럽거나 기습적이거나

승기를 잡는 최상의 팀 유전자 배열은
언제나 우정과 존경 사이 신뢰가
절실함 속에 같은 방향으로 흐르며
강한 투혼이 함께 빛날 때
함성인지 눈물인지 모를 승전고가
여름철 고인 모든 열기
한순간 지상 끝까지 밀어낸다.
뒤집힌 폭포의 다른 이름 분수처럼

파프리카의 가계도

시원(始原)을 따라 강물 거슬러 가면
희미해진 상류의 소실점 가까워지는 곳
작을수록 매운 고추나무 유전자 사이로
가을 햇살 원색으로 익어간다

문명이 딛고 간 자리엔
퇴보란 결코 없어
매운맛은 어디쯤에서 거세당한 걸까?
매운맛과 바꾼 화려한 색
요리의 디스플레이
마지막 꽃으로 피어나는구나

커갈수록 텅 비어 외롭지만
과육의 벽은 날로 두터워 가고
과육 안쪽 씨앗들 튼실하게 여물어 가니
대 잇기의 가계도가 선명해진다

아프리카에서 건너온 파프리카
이젠 바람이 둥근 곡선으로 스케치를 마치고
흐르던 햇살이 붉고 노란 윤기로 내려앉으면
아삭한 식감, 눈길 끄는 색감
식탁의 꽃으로 피어 환생할 일만 남았구나

대물림할 씨앗만큼은 흙 속에 남아
부활의 꿈 망각하지 않으면
우리 가계도는 가장 강한 뼈대로 남으리라

봄날 스케치

봄날은 발뒤꿈치 지나 그림자까지
이미 무채색일 리 없다
유록색으로, 분홍색으로
번져가는 발자국들
온통 밝은 것들만 외출하나 보다

모든 발걸음마다
따라 웃는 봄

그 모든 옷깃 스치며
두근대는 봄

그 모든 속도마다
경쾌한 리듬을 타는 봄

꽃 핀 자리마다
낙화가 바람처럼 불어올지라도
꽃들은 저마다의 가슴에
영원히 밝은 채 피어 젖으리
길 잃은 향기일지라도
다시 길 찾아 스치거나 스며들어
기억 세포를 흔들어 깨우리

울음 끝에 고인 단조곡

툭!
한 달여 매미울음이
땅에 곤두박질치는 여름 끝
분절된 음이 가을로 가는 길에
파편으로 애절하게 박힌다

그 맑은 수액(樹液)만 먹으면서
천적을 피해 소수 주기*에 맞춰
지상의 생태계에 매달린 성충의 운명
인연 찾는 구애로 밤낮없던 울음 끝
위태롭게 고인 단조곡도
이젠 정말 돌아서려나 보다

고온의 밤 밝은 날엔
몸통 비워가며 열정 식히려
더 커지던 그 울음들
이젠 못 만난 인연은 접어둔 채
여름의 기억 뒤편으로
뉘엿뉘엿 넘어가
땅속 본향 찾아 귀가 중인 걸까?

새로운 부활을 준비하려고

다음 윤회의 주기를 계산하면서

몇 년이 될지 모를

기나긴 어둠 속 침묵으로

햇살도 바람도

거의 다 돌아선 그해 여름의 마지막 즈음

* 소수 주기 : 매미는 종족 보존을 위한 전략으로 소수 주기로 등장한다고 함.
   매미가 5년, 7년, 13년, 17년이라는 정확한 주기를 지키는 것은,
   천적이 너무나 많아 소수 주기로 성충이 됨으로써 인해전술처럼
   천적에게 먹힐 확률을 줄여나간다고 함.
   → 출처 : 동아사이언스, 중앙일보 기사 요약

마른 기억 속

안개비 시작된 거리마다
드문드문 우산이 펼쳐지는 5월

바람의 춤사위가
초록 이파리 하나둘 딛고 서더니
비의 씻김굿이 절정에 오르자
바람의 관절도 급히 방향을 바꾸고 있다.

낙수(落水) 난타에 속도가 붙으니
거리까지 빈틈없이 씌워주는 우산들
내 가슴 씌워줄 우산은
어느 낯선 거리에서 날 찾아 헤맬까?
엇갈린 인연의 교차선 지난
그곳 빈 거리일까?

비 오는 날엔 어김없이
앞서 젖는 것들
커피, 그리움, 그 빈 거리
어느 우산으로도 비를 가릴 곳 없어
온통 젖은 난 마침내
오월의 푸른 빗줄기로 내리고 있다
푸른 잎들의 목마른 눈빛 지나서
그 빈 거리의 푸른 기억 너머
마른 기억들 흔들어 깨우고 있다

불의 언어

선사에서 역사로 건너던 인류
시대의 문턱을 앞장서 넘었던 불

불의 진화로 온돌문화는 가옥을 수태하고
가옥의 진화가 높이를 이탈하여
매일 하늘로만 자라는데
태양은 아직 입 다물고 있다

불의 진화로 야생에서 벗어나
온갖 조리한 음식문화가
자꾸 꼭대기로 올라서면서
사회의 서열에 따른 식탁에 앉게도 하는

불의 진화로 온갖 도구와 무기가 나와
그릇이나 장신구처럼 살리기도 하지만
칼끝이나 총구로 삶을 위협하기도 하는

결국 갖가지 형태의 바뀐 모습으로
우리의 삶 속에서 진화된 불
동시에 언제 일으킬지 모를 반란을 품은 불
필요하면서도 때로 등 돌려 돌변하기도 하는
양날의 칼, 불

코로나 유물 1호, 실내 자전거 사용 보고서

헬스장도 구기종목도
낙엽에 미끄러운 실외 라이딩도
마스크 쓴 코로나 시대엔 실격이었다

운동기구의 거래가 은밀히 진행되었다
거실 한쪽 거꾸리는
없던 허리 통증이 일어나고 얼굴이 발진하며 반란하니
당근마켓에 처분하고
최신형 실내 자전거 입양하자고 낙찰되었다
부당 거래는 명백히 아니었다

평소 아침 라이딩을 즐기던 아빠는
유튜브 방송이나 뉴스를 들으면서
시간당 700칼로리 이상 기록 갱신해야 내려오고
링피트나 노래와 접목시킨 아들의 라이딩은
시속 50을 육박해야 내려온다
카톡이나 오디오북에 빠져
시속이나 칼로리에 초연한 나도
40분 타이머, 기분 좋으면 1시간
느슨한 운동이지만 무한만족이다
가끔은 베란다 밖
푸른 소나무를 훑고 가는 바람이나 햇살
하늘의 표정이 덤으로 들어오기 때문이다

우리 집 코로나 유물 1호
거래의 만족도는 어느 날보다 쾌청하다

돌의 역사 1

전혀 빛나지 않은 가운데
빛을 모으고 빛을 내는 이름 밖의 이름

한없이 고요하다가도
때론 분노로 한껏 올라서다가
성찰로 지하 깊숙이
내려설 줄도 아는 마음의 거울

선덕여왕 땐 하늘 향한 별로
일 년의 날수만큼
층층이 돌면서 올라섰다가
권율 장군 앞에선 그 작은 힘
어떠한 총칼도 압도했던
수백의 장정이었다가
능마다 고여 죽음도 받드는 돌

인류의 모든 역사 다 겪어 알아도
소리하지 않고 깊숙이 엎드려
마침내 역사가 된 돌

돌의 역사 2

무생물의 이름으로 태어나
수천 년 역사의 깊이에도
침몰 되지 않는 불멸의 성
때론 묵종으로 어두워지다가
때론 견고하게 몸 밝힐 줄 알지만
틈에 끼어든 몇 방울 물줄기에는
소리 없이 균열 되어
무게를 덜어내는 지혜를 품은 돌

어느 왕조의 성을 고고히 지키다가
피비린내 나는 말발굽의 함락을
퇴색되지 않은 원형으로 새겨둔
진실된 사관(史官)

비치지 않는 석가탑 그림자 때문에
도공의 아내 아사녀가 몸 던진 연못
돌의 혼까지 찢었을 아사달의 피울음
돌고 돌다 새긴 형상

아내인가? 부처인가?

겹쳐 뜬 환영 때문에

물속에서 떠오르는 그리운 아내 따라

물로 떠났나? 돌로 누웠나?

무영탑만 세워둔 채 전설이 된 슬픈 실화

동서양 가릴 것 없이

찬란한 문명으로, 유적지로 서서

물과 바람과 더불어 함묵한

수백 수천 년

흙에서 시작되었으니

언젠가는 흙으로 돌아누울

위대한 생명이여

내가 실종된 거래
- 금융 거래 창구 앞에서

리스크 큰 상품이라고
몇 번을 명시하고 있어도
여전히 문맹인 듯 형광펜만 읽는 나

희미한 '듣고 이해하였음' 위
몇 번인가 진하게 덧쓰고도
듣고 이해한 건 창구 직원뿐
숫자 뒤에 붙은 엄청난 0의 개수만큼 커진
묵계로 형성된 무한신뢰

의자 팔걸이에 연결된
부속품이 된 오른손으로
사인만 몇 번이던가
같은 비밀번호 몇 번을 더 눌러야만
그 비밀 거래에 들어가려나
아니, 그 비밀의 숲에서 빠져나오려나

계약을 맺은 건
형광펜 위에 뜬 이름 석 자일뿐
나는 계약에서 벗어나
실종되고 없습니다
오늘의 햇살은 나를 실종시키기에
최적의 날씨입니다

창 13
−지하철 앞 커피숍

시간 따라 바뀌는
움직이는 수채화

햇살과 바람의 소리
스쳐 지나간 그 길
숨어 따라온 이슬방울도
이파리들의 푸른 노래도
함께 쉬었다 가는

멈췄던 생각이
심장까지 깊게 흐르고
흐르던 시간이
회억의 사진 한 장으로
조각상 콧날처럼
멈추기도 하는

안팎 시선에 따라
같은 창 다른 풍경
쉴 새 없이 바뀌는 수채화 두 점

결혼 축시

일 년 중 빛나는 날들의 생기만
가득 품은 5월
그보다 몇 뼘인가 더한층 빛나는 그들

비상하는 꿈은 늘 하늘을 꽉 물고 있어
수 없는 날갯짓으로 비바람 이겨내니
계절이 피고 지던 추억의 거리마다
부푼 초록빛 희망이 나부낀다

어느 인연의 붉은 실타래가
두근거리는 낯선 길 이리 밝혔나
마주 보며 돌고 돌던 소행성
오늘은 비로소 겹쳐 뜨는구나

각자 태초처럼 신비롭게 우주가 열려
그 소중하고 여렸던 숨결들
서로의 기도와 축원으로
꿈이 발아되고 숨결 굵어져 이른 오늘
또 한 번 우주가 오롯이 열렸으니
오월의 밝고 푸른 햇살처럼
주님 축복 한가득 내려주소서

갓 피어난 꽃들이 흔들리지 않을 뿌리 뻗어가
원하는 바대로 튼실한 열매 맺게
신성한 모든 기운 듬뿍 뿌려주소서
머나먼 이 길 따뜻한 눈으로 늘 지켜주소서

5부 교사일기, 유년 불러 세우기

아이슬란드 게이시르 간헐천

바람의 나라 물의 나라 아이슬란드

바람이 어디에서든 방향을 바꾸는 나라 아이슬란드
북해에서 시작되어 만년설 빙하를 거치거나
드넓은 라바에서 출발해 북해를 거친 바람

압력을 견디다 못한 땅속 물줄기 용솟음으로
모타 만년설 목 빼고 바라본 후
지하의 체증 다 풀린 듯 쑥 빠져 다시 흐르나 보다

정해란 제1여행시화집 『설렘과 낯섦 사이』 수록 작품 중 일부

교사 일기 1, 누구 도와줄 친구

벚꽃 만드는 1학년 교실
봄에 볼 수 있는 꽃 중
벚꽃을 피우기로 한 시간이다

인쇄된 분홍 꽃잎들을
한 장 한 장 오려 접어
그 싱싱한 호흡으로 입체감을 불어넣고
살짝 파릇한 이파리로 생기를 살린다

밑둥부터 튼튼하게 올라온 게시판 빈 나무에
하나둘 피어나는 꽃
빠른 친구들은 두 송이도 거뜬히
서툴러서 한 송이도 어려운 친구 몇몇
누구 도와줄 친구?
먼저 끝낸 친구들 서로 손들고서
도와주기를 기다리는 간절한 눈망울들
이미 마음들이 봄 동산이다

서로 어려운 친구를 도우려는 마음
애들아 그거면 충분하다
느린 친구에게 함께 발맞춰주는 그 마음
우리의 희망이고 우리의 밝은 미래다
교실 뒤 게시판보다 마음마다 먼저 온 봄이
교실의 체온 발그레 밝힌다

교사 일기 2, 독후활동 책『시간 가게』 역할극 수업

긴장과 기대 사이
책 상황 속으로 들어가서
극중인물이 되어보는 역할극은
배우도 관객도 재미있는 수업

책 그대로 스토리를 전개하는 것도 좋지만
흐름은 살리되 애드리브도 넣거나
뒷이야기를 바꿔 참여하는 역할극
모둠별로 감독, 극본작가, 배우가 되어보는 수업
즉흥적인 대응력과 창의력을 기르는데
이만한 게 없다
이미 수업은 수업을 뛰어넘는다

극중인물이 되어 인터뷰하는 시간엔
누군가는 떨리는 목소리지만
전혀 개의치 않는 그들, 인터뷰엔 엔지란 없다
수많은 어린 기자 앞에 자칭 촬영감독까지 바빠진다

스스로 마음을 열어 인물의 마음까지 읽으려 하니
주제는 이미 그들의 머릿속을 관통해
유연하게 극 속에서 맘껏 자유롭다

그들만의 세계 속에 빠져들 수밖에 없는
진정 즐기는 수업, 그들만의 역할극

교사 일기 3, 6개월 만의 빨래

6개월 만에 30벌 조끼를 빨래하는 날
그린과 오렌지 반반
올해는 유독 미세먼지 때문에
팀 조끼 거의 필요 없는 실내체육이라서
땀방울 맺힌 경쟁을 넘어선 과욕도
마음과 다른 방향의 거듭된 실수도
절제가 삐끗 무너진 순간의 감정으로
상대를 탓한 말과 마음도
함께 말갛게 세탁되고 있다

오늘따라 힘찬 맥박 찾아 돌고 있는 세탁기
마무리 코스는 몇 개월을 따라다닐 프로방스 꽃 향
빨랫줄엔 가족들 옷 가득이라
흰 빨래 바구니 양쪽에 팽팽하게
경기하듯 마주하고 겹쳐 널린 두 색깔

문득 그날의 함성과 환호성은
조마조마한 마음들에 응원으로 되살아나고
실수할 땐 '괜찮아'로 다독여주던 말들
행여 다치면 함께 걱정해주던 눈빛들
그래 그런 마음들만 남아라
오늘 앞서 피어난 햇봄볕처럼
강인하면서도 따사로운 마음들만
꽃 향과 함께 밝게 통통 살아남아라
바느질 땀 곳곳에, 섬유조직 올올이

교사 일기 4, 말 없는 토론수업

코로나로 향방 잃은 교육계
e학습터로 학습콘텐츠 올리던 서울교육의 첫 대응

쌍방향 온라인 Zoom 수업도 나오기 전
학생들의 목소리는 들을 수 없는 토론
토론 주제는 '셰익스피어는 왜 극장에서 공부했을까?
과연 가능할까?

매일 들어와 서로 격려의 인사부터 하던
e학습터 게시판으로 학생들을 불러 모아보자
말 대신 게시글로 토론을 진행해 보자
전 시간 수업은 토론 방식 동영상 수업
사회자 멘트는 미리 복사해서 올리라고 주었으니
각자 준비한 입론부터 올려보자
"선생님 위로 올라가 버려 제 글이 안 보여요"
"00님 위에 새로고침 누르세요" 대신 댓글 넣는 님까지
토론은 절차와 방식에 따라 막힘없이 진행되던 그 수업

오늘 수업 소감 한마디씩 올려보세요
"좀 어려웠지만 새롭고 재미있었어요"
"친구들 생각을 짧은 시간에 다 알게 되어 좋았어요"
"다음에 또 하고 싶어요"

코로나 시대 등교도 할 수 없는 상황
'그만하면 충분히 감사하다'
길은 늘 다른 길을 낳고 있다

91

교사 일기 5, 선생님 다른 악기로 연주해도 되나요?

그해 음악 시간은
햇볕 받은 봄 들판처럼 곳곳에서
아이들 감성이 생명으로 깨어나던 시간이었다

음악 시간만 되면 대*이는
오감이 열린 오케스트라 지휘자 같다
장구 배울 땐 장구 소리로 신명 나게
꽹과리 배울 땐 상쇠의 눈빛으로 살아난다
리코더 이중주 합주에도 바이올린으로 편곡해
즉석에서 이중주로 화음 넣던 열두 살의 5학년

밋밋한 평면을 입체로 일으켜 세우던
음색 조율의 시작
'선생님 다른 악기로 연주해도 되나요?'
대*이 덕분에 음악 시간은
그 어느 해보다 건강하게 빛났다
언제든 수업을 생중계하고 싶던 연주회
우린 음악 시간엔 시간이 갈수록
약속처럼 하나둘 서서 수업을 했다

교실은 이미 무대 되어 모두가 서서
연주하고 노래 불렀던 그 시절, 그 떨림
눈빛으로 신호 보내면서 지휘만 하면
원하던 빛깔로 웅장하게 혹은 부드럽게
하나둘 일어서던 아름다운 선율
가끔 빼꼼 엿보고 싶은 그해 음악 시간

교사 일기 6, 다섯 글자 예쁜 말

부르면 행복이 가득 차오르는 노래
교실 가득 울려 퍼지는 천사들의 합창
모두 웃음 가득 채운 얼굴로
너무나 정겹게 부르는 노래
부르면서 들으면서 행복해지는 노래

"선생님 또 불러요"
'한 손만으로도 세어볼 수 있는
다섯 글자 예쁜 말
사랑합니다 고맙습니다
아름다워요 노력할게요'

그래 이 말들로 채워지는 세상
누구에게나 다섯 글자 이 말
계산하지 않고 나오는 말의 힘 따라
아름다운 세상을 살아가렴

너희들은 이 예쁜 말들로
말로부터 나오는 수많은 상처
방어하고 위로하고 치유해주는
말의 힘, 글의 향을 믿어보렴

"선생님 또 불러요 부를수록 좋아요"

교사 일기 7, 명예 퇴임 1

몇몇 계절 혹은 수많은 날은
뼈대만 남긴 채 빠져나간 뒤였다
몇몇 추억 혹은 수많은 이름도
소실점 밖으로 희미하게 밀려난 뒤였다

어느 입학식이나 개학식은
머리만 남긴 채 사라지고
어느 졸업식이나 종업식은
꼬리만 남긴 채 사라졌다

그래도 진리를 지켜가는 형형한 눈빛
정의의 이름으로 선명하게 부상되는 것들
사랑으로 스며들어 이 땅의 체온을 잡아주는 것들
30년 전 교실 풍경도 그 눈빛들도 줌이 작동해
낱낱이 읽어 오늘로 불러 세우기도 한다

30년 이상 뿌린 씨앗들
이곳저곳 뿌리내리며 또 다른 열매도 맺었으리
민들레 홀씨처럼 때로 서울 하늘 벗어나
바람 따라 뿌리 내려 이 산하(山河) 지키거나
한반도 상공 맘껏 벗어나
더 크고 알찬 열매 키우며 거목으로도 자라가리

한 시절이 끝난 윤회의 길모퉁이엔
부시던 꽃들도 귀향을 서두르고 있다

교사 일기 8, 명예 퇴임 2

살아온 날보다 살아갈 날이 적어진
어느 해 2월
스스로 멈춰선 채 왔던 길 돌아봅니다.

꽃길도 안락한 길의 유혹도 밀어내고
부끄럽지 않은 스스로 곧은길로
푸르게 눈 떴던 길

들꽃보다 맑은 영혼으로 가르치려 했으나
그 길 벗어나야만
들꽃 길은 보이네요
작은 꽃눈의 두근거리는 소리가 보이고
여린 풀잎에 서성이는
키 낮은 바람이 보이네요.

유리창 너머
내 마음속 계단을 다 내려오니
뜻밖의 낯선 평화도
살랑 바람으로 불어오네요

유년 불러 세우기 1, 유년의 옷장 속

나프탈렌 향은
호기심 많은 유년을
한나절 정도는 가두기에 충분했다

숨어 있다가 술래 발자국이 다가올 때
그 두근거리던 숨결이
오동나무 옷장에도 자개농에도
옷과 이불 겹겹이 배인 그곳

못 찾을수록 한없이 넓어지던 옷장
나무 향이 살던 숲과
자개농이 길 열어 둔 바닷가 조가비까지
다 차지하고 맘껏 뛰놀던
우리들의 유년은 온통 반짝였다

부모님께 야단맞거나
형제들에게 속상한 일 있으면
그 속에 숨어들곤 하던 나의 밀실
모른 체하며 아무도 찾지 않을 때
괜스레 서러워져 잠이 들어버려도 좋을
깨어나지 않고 싶던 꿈
이미 아늑하고 포근한 엄마 품속이었다

살다가 가끔 유년과 소통이 필요할 땐
그 시절 괘종시계 소리를
한나절 정도 묶어둔 채 '어바웃 타임'*
나프탈렌 향 따라 찾아가고 싶은 그곳

* 어바웃 타임 : 어두운 공간에서 혼자 집중해야만 자신이 기억하는
　　　　　　　 시절의 그 상황 속으로 이동 가능한 설정을 이용한 영화

유년 불러 세우기 2, 삐비*꽃 피기 전

철로가 보이는 언덕배기
5월의 햇살 아래 하얀 바람 한 무더기

투명한 바람도 이곳에 오면
무더기로 온몸 흔들며 부르던
하얀 바람의 노래

길다란 꽃봉오리 수태한 줄기 속
한 박자 느리게 흔들거려
피기 전에 아이들 손에 뽑힐 때마다
나지막이 내뱉은 제 이름
삐비~

조심스레 껍질 까면
하얗게 배시시 웃던 보드라운 속살
그 시절 아이들의 입속으로 사라진
피어나지 못한 숱한 꽃봉오리들
한 움큼씩 쥔 그 달콤한 맛
껌처럼 질겅거리던 유년의 한때

때를 놓친 것들은 모두 꽃으로 피어
해마다 5월이면 하얗게 불어오는 삐비꽃 추억

* 띠의 새로 돋아나는 순. 지역에 따라 '뻴기' '삐비'로 부르기도 함.

유년 불러 세우기 3, 젖지 않는 꿈

밤새 내린 비
질척질척 그림자 되어 따라오던 등굣길
신작로 찰방거리는 물웅덩이
폴짝 건너뛰는 순간만큼은
언니들보다 키가 커지던 유년기

두세 군데 마을 지날 때까지는
마음속 처마 밖으로 빗방울 통통 튀어
젖지 않던 유년의 마음들

학교는 운동장 두 바퀴 거리로 가까워졌지만
논과 논 사이 어김없이 물에 잠긴 신작로
새로 산 물방울 원피스 아랫단은
팬티 고무줄에 끼워 넣어도
허벅지까지 차오르던 물길 속 현기증은
고무줄로도 묶지 못했다

직립보행의 유전자 아찔하게 무너진 순간
책가방도 진로마저도 젖어버리니
잠시 언니들 손 꽉 잡고 대열을 꾸리던
꼬마 여전사들
우등상, 교육장상 보다
더 높이 빛나던 6년 개근상

깊은 물살에도 꿈은 젖지 않았다

유년 불러 세우기 4, 소천하지 못한 울음소리

내 유년의 샘물을 찢는 파장으로
밀려오는 울음소리
"엄마, 나 살고 싶어"
네 살짜리 남동생이 화상으로 멀어지던 날
갓 피어난 봉숭아 꽃잎 뜯어
막고 또 막던 그 붉은 울음소리
네 살의 새벽은 결국 식어가
내 유년의 한 토막도 순장되고 없다

그 애절한 붉은 울음소리는
끝내 소천하지 못해
비 오는 날엔 빗소리로 내려오고
눈 오는 날엔 흰 눈에도 붉게 물들던
봉숭아 꽃물 소리

석양녘엔 붉은 노을빛으로
달밤엔 외로움으로 둥실
달빛 되어 흐르던 세월 몇 해던가

네 살로 멈춘 그 막혀버린 세월
열 살의 나로 멈춘 그 날
소천하지 못한 붉은 울음소리

유년 불러 세우기 5, 빈 시간의 그네

유년의 모퉁이를 돌아가 보면
거기 유실되어가는 기억을 태우는 그네가 있다
늘 다가온 무게만큼은 태우던 그네

그날그날의 햇살이나 지나가는 바람과 구름
아침 새소리나
하굣길 왁자지껄한
웃음소리까지 싣고 하늘로 활짝 날개 폈던

쏟아지던 눈물도 말려주고
별 가까이하고 가고 싶은 꿈도
미리 진맥해 태워 주던 그네

시간의 담장 너머를 보고 싶어
춘향이에서 별이 사는 우주공간까지
과거와 미래 사이를 오락가락하는 사이
거기 멀어진 내 어린 날의 그네도 보인다

궤도에서 이탈하려 하면 언제든지
가속도와 회전각을 꽉 잡아주던
부모님은 나의 든든한 그네였다

내 유전자에 기록된 진자운동의 첫 공중 곡예
방향 잃은 꿈을 달래기도 하고
새로운 꿈을 밀어주기로 하던

유년 불러 세우기 6, 마음에 뜬 달 송편

유년의 추석 풍경 따라가면
마음에 뜬 달 송편
몇 개월인가를 알알이 햇볕 채운 햅쌀
물에 담긴 채 하룻밤 풍성한 달빛도 채워
유년의 마음처럼 부풀던 햅쌀
소쿠리에서 새벽 여명까지 담으면
까치발로 기다리던 오누이들에게
선물처럼 조각보에 덮여오던 그 하얀 떡가루

떡가루 한입
입가에 듬뿍 묻힌 채 웃음 가득해지는 풍경
빛바랜 채 세월 속으로 멀어졌다가도
금세 색깔이 선명하게 번져가는
추억의 수채화 한 폭

송편 반죽이 오면
어느샌가 반달 송편이 가지런히 줄 서고
엄마의 시범을 흉내 내는
우리의 소꿉놀이도 삐뚤빼뚤 줄 서던 추석 전날
둥근 원 만들어 그 안에 소를 넣고
반쪽이 또 다른 반쪽을 만나
빈틈없이 봉합된 채
원보다 더 정겨운 반달로 뜨던 추석 전날

햇빛, 달빛과 함께 흐른 세월
맑은 바람 소리까지 뜯어온 솔잎 깔아
솥 바닥에서부터 은은히 올라온
맑디맑은 솔잎 향이
온갖 나쁜 기운 먼저 잡는
반달로 익어가던 신비

지상에 뜬 수천, 수만의 반달이
천상에 뜬 보름달로 차오르길 소망하면서
함께 빚고 함께 나눈 송편
베어 물기 전 기대와 소망이
깨나 콩고물로 터져 나올 때
비로소 빛과 소리와 향이 하나 되어
해마다 온몸으로 흘러들었을 떡, 송편
하늘과 물과 마음에 뜬 잊지 못할 맑은 달

유년 불러 세우기 7, 유년의 수채화

우리집 살구꽃 한 그루, 벚꽃 세 그루
동구 밖까지 온통 밝히던
봄철 꽃등이었다

집으로 돌아오는 하굣길엔
왠지 가슴이 뛰었다
엄마보다 한발 앞서
발그레 웃으며 반기던 나무들
날마다 방향 다른 설렘이 빼꼼 기다리던 곳

꽃 그림자는 길어졌다 짧아졌다
비스듬히 기울기를 반복하고
나무 밑동을 중심으로
마당과 뜨락, 대문 밖까지 한 바퀴 원을 그리고
마음은 그림자의 고삐를 쥐고 있었다

동네 친구들 불러 꽃 그림자 경계 삼아
제멋대로 넘나들던 봄날의 놀이
화단과 우물가 키 작은 꽃들까지
각각의 빛깔로 소리 없이 응원하던 기억들

그리운 삶의 퍼즐 한 조각
등 돌리지 않은 유년의 풍경화 한 장
아직도 빛이 바래지 않고
마음 한구석에 펄럭이고 있다

6부 감상 시

– 문학작품, 전시회, 영화, 카페, 숙소

아름다운 비극
– 러시아 노보데비치 수도원

물빛 그리움으로 몇백 년을
끊임없이 단조로 출렁이는구나.

과욕이 낳은 슬픔
사랑이 낳은 슬픔
빛깔 다른 슬픔이 겹쳐 고인 채
과거로 돌아서지 못한 오랜 역사를
묵묵히 견뎌 오르고 있구나

정해란 제1여행시화집 『설렘과 낯섦 사이』 수록 작품 중 일부

꽃이 된 시(詩), 시가 된 꽃
– 류시화 시인『시로 납치하다』감상 시

대륙과 대양을 건너 납치한
울림 길고 깊은 詩들
치열한 삶의 날을 딛고 서서
서서히 피는 꽃
봉오리인 채 다물고 있는 아픔을
견디다 못해 터뜨리는 꽃

늘 출렁이던 가슴 속 샘물의 수면
고요해지면서 맑게 비친 감정을 읽는 꽃
스스로 축복하면서 내면에서 피어나는 꽃
유배된 듯한 그 시대 상황 속
어디에도 없는 고향, 돌아오지 못할 여행
사막의 텅 빈 외로움과 절망으로 핀 꽃
읽는 것 자체로도 위험한 꽃이지만
수많은 독자가 힘이 되어 지켜주는 꽃

따스한 시선으로 또 한 번 피는 치유의 詩
상실도 아름다운 필연이 될 수 있는
미로 속 희망 가득한 표지판으로 불 밝힐 수 있는
수많은 격려로 하나둘 생명이 켜지는

그 빛나는 통찰로 내려앉아
詩마다 깊게 숨 쉬는 꽃
시로 납치하다

제목 : 꽃이 된 시(詩), 시가 된
   - 류시화 시인『시로 납치하다』
시낭송 : 최명자
QR 코드를 클릭하면
시낭송을 감상할 수 있습니다

이생진 시비(詩碑) 거리, '그리운 바다 성산포' 감상 시

성산포를 너무 그리워한 탓에
파도 소리 제일 먼저 듣고자
해안 옆 가까이 엎드린 시비(詩碑)
바다로 향하는 징검다리 같아
바다로 자꾸만 걸어 들어가고 싶은
이생진 시인 詩碑 거리

아침이면 태양보다 먼저 일어나
수평선의 날 선 번뜩임에 유쾌하게 베어
방파제에 앉아 한 잔의 바다를 마시던 시인
저녁이면 수평선을 베고 바다보다 먼저 취해
별보다 더 반짝이던 시를
바다보다 더 푸른 시를 쏟던 시인

늘 바다를 그리워하던 시인이
그 빛깔 다 담아 건져 눈물겹도록 투명해진 시
결국 그 바다가 시인에게 취해 듣는 시
걷던 세월도 배처럼 정박한 채 듣는 시
'그리운 바다 성산포'

꿈에서도 하늘에서도 못 잊을 바다가 된 시인
그리운 이를 기다리는 듯
행마다 젖은 채 출렁이던 그 시를 바라보며
성산포에서는 바다마저 매일 또 다른 시를 쏜다

한글&직지, 세기를 앞서 읽는
– 김진명 소설 『직지』 감상 시

우주의 섭리와 음양이 이룬 조화
가장 쉽게 풀어
과학의 첨탑에 선 한글

소수만 눈 뜬 지식의 독점으로
뭇 백성의 억울하고 답답한 심정
신분 결박하는 안개 속에서 벗어나도록
앞선 시대를 읽은 세종

세종의 깊은 뜻 헤아려
단아한 한글 서체 개발해도,
부친 잃은 아픔 대신
금속활자 주조 기술 이어받아도,
중국에서 로마 교황청, 필사본의 메카 모리츠까지
무수한 경탄 뒤에 좁혀드는 죽음의 그림자
30년의 침잠의 방, 25년의 묵언수행으로
길 속으로 길 벗어버린 은둔자 코레나

지식 해방으로 약한 사람과 동행하려던

직지와 한글의 정신이 품은 뜻 살린 세종

담장 높았던 필사본의 금기 풀어

활자본으로 지식의 통로 열어준 쿠자누스*

금속활자 인쇄본 보급으로

직지의 씨앗 꽃 피워 열매 맺은 구텐베르크

시대 앞선 지식 혁명의

동서를 잇는 끈, 신분을 관통하는 자유

서로 통한 뜻 자전축으로 이뤄

오늘도 쉬지 않고 돌면서

한글&직지, 세기를 앞서 읽는

* 쿠자누스 : 독일의 근세철학의 선구적 사상가이며 성직자로서 교회개혁에
진력하였는데, 쿠텐베르크가 금속활자본을 만들어 보급하는데
중추적인 역할을 함.

짧은 생, 긴 여운 김유정
- 김유정 문학촌 마지막 편지 감상 시

유복한 집안도 유산이 금 가면[1]
후대가 가는 길은 어둠 속 몰락뿐
시작은 빛났으나 끝내지 못할 학업[2]
순수한 우직함으로는 닿지 못할 사랑[3] 때문이었나.

슬픔 속에서도 반짝이는
건강한 해학은
농촌 계몽과 문맹 퇴치의 힘이었고
기층민의 언어로 토속적인 정감 살리니
수탈 속 농촌이지만 그리 따뜻했나 보다

외줄 위를 디뎠던
시대의 상흔 나날이 깊어 가
불면증과 병마로
폐는 어느 밤안개 속에 유실되다가
생명의 둑 송두리째 끊어버렸나 보다

토지 수탈 역사의 한가운데

돈으로 바꿔야만 생존했던 글

탐정소설 번역으로 생계를 유지할

슬픈 돈을 마련할 편지[4]

죽음을 몇 시간 앞둔 편지의 슬픈 행마다

눈물이 고랑 낸 길

바람도 길 떠나지 못해 주저앉아 우는구나.

그 시대 넘고 넘어

영화, 연극, 탈춤, 애니메이션

여러 빛깔 장르의 변주가

후대들 주저앉아 목놓아 그리워하게 하는구나.

다시 피어나는 꽃

영원히 지지 않을 꽃

4년 동안 30년 삶처럼 쓴 글

짧은 생, 긴 여운

비로소 하늘 끝에서 빛나는 그 이름

1) 부친이 부호, 시주였으나 유산을 받은 큰 형이 탕진함.
2) 연희전문학교에 입학했으나 중단
3) 동편제 명창 박녹주와의 사랑
4) 연희전문학교 시절 절친 월북한 안희남

윤석진 시집 『풍향계』 감상 시

바람의 방향을 읽는다는 건
나무의 혈관을 타고
기울어진 지축의 방향에 따라 흔들려보지 않고서는
눈 뜰 수 없는 감각

나무들의 체온과 숲 향을 모아
골짜기에서 키운 바람도
하늘이 점지한 날씨에 따라
산등성이 나무들을 지나온 바람도
대양을 건너오거나 사고의 바운더리를 이탈한 바람도
모두 고삐 잡아 함께 걷는 시

씨앗이 잉태한 언어도
초록 바람으로 발아되어
흙 속으로, 공중으로 촉수 뻗어가고
고목에 유폐된 언어도
문장으로 엮어 새 길을 푸르게 열어주는 시
숲속에 서식하는 종(種) 다른 식물들과
곤충의 생태와 삶의 통로까지 다 들켜
맑게 해부된 시

어느 곳에도 정박할 수 없는 바람은
뿌리 퇴화된 만큼 눈은 맑아져
나침판에 따라 시공을 달리다가
식물과 동물, 인간 속으로 난 길까지
명징하게 통찰하고 있다

왈츠풍 실루엣으로 걷는 詩

– 이승해 시집 『레스피아에서 선녀를 만나다』 감상 시

러시아 그 광활한 영토
남동쪽으로만 기억 더듬어
잠들지 못한 랩소디로 건너온 詩

비바람 속을 건너와
투명한 두 눈만 남았지만
비 그친 뒤 낱낱의 햇살 조각처럼
또각거리는 경쾌한 걸음
쉬폰* 플레어스커트의 살랑거림으로 온 詩

빈 가지의 고독이
2월의 잔설(殘雪)로 앉은 겨울바람의 무게 끝
살그머니 열린 봄볕 따라
새싹으로, 꽃눈으로 고개 드는 詩

아픔 진 자리에도 색깔 부서지지 않고
그 눈물 뒤에도
바다와 숲은 여전히
쉴 새 없이 푸르게 꿈틀대는데
어떤 무게도 벗어버린
왈츠풍 실루엣으로 걷는 詩

* 쉬폰 : 얇고 가벼워 하늘하늘한 견(絹)직물을 가리키는 말

113

시의 꽃 캘리그라피

– 김학주 시인과 56인 캘리그라피 작가의 「사랑별 꽃」 감상 시

들꽃이 된 사랑, 별빛이 된 시
삶의 흔적으로 나부낀 것들은
모두 세월의 나이테 속
유전자로 박제된 채 기다렸나 봅니다
아니 심호흡 중이거나
밑바닥까지 내려와 삶의 심지가 되어
흐르고 있었나 봅니다
어느 방향에서
두근거리는 인연을 읽힐지 몰라
침잠의 숲 샘물 속에
깊게 고요히 내려
체온을 식히고 있었나 봅니다
어느샌가 어느 별자리 아래인지
캘리그라피와 만난 시는
잠들지 못하고 마침내
56송이 꽃으로 피어났을 겁니다
시가 뿌리내리니
꽃으로 답한 캘리그라피
감성의 기억 깨어나니
각기 다른 향 담아 열매 맺었습니다.
시의 열매인지 캘리그라피의 열매인지
종(種)은 구분하기 힘들지만
봉인된 감성이 터져 서로 빛을 받으니
박제된 나이테도 문을 열었나 봅니다
가을바람도 잠시 흔들리다 지나갑니다

최상위 포식자
– 마이클 폴란의『욕망하는 식물』책 감상 시

식물에도 감춰진 본능이
색, 향이나 뿌리에 기생하나 보다
늘 피라미드 아래층에
숨죽인 채 사는듯한 식물이었는데

정교한 규칙성으로 벌, 나비를 부르고
유전자 하나의 발칙한 진화로
고가(高價)로 거래되다가
살인까지 불렀다던 튤립

지배하거나 도취하는 욕망이든
달콤하거나 아름다운 욕망이든
식물이 가진 욕망이 써나가는
인류의 문명과 역사
그 방향을 거머쥔 식물

발목 잡힌 뿌리지만
먹이로도 바람으로도 벌, 나비로도
얼마든지 대륙도 건너고
멸종하지 않고 시대도 건너
생존하고 번식하는 그 이름

먹이로, 산소로, 환경으로
도구 없인 어떤 것도 생산 못 하는
인간의 생존을 뒤흔드는 그 유순한 이름
정말 인간이 최상위 포식자일까

새로운 지평의 열쇠
– 달리展 감상 시

꿈속을 유영하다 보면
각도 틀도 하나둘 무너져 내리고
원형도 흘러내려
형체는 액체로 흐르는 중이다

시계들은 제각각 시간을 버리고 역류해 가
유년을 향해 달린다
여전히 죽은 형을 대신해야 할
운명을 해체해 버린 그
한쪽 눈을 감은 바다는
엄마 뱃속의 양수처럼 편안하게 꿈꾸나 보다

현실을 벗어나려 할수록
편집광적 화풍(畫風)으로
현실에서 불어오는 바람에는 구멍이 뚫려
대중의 편견, 그 편린들이 사방에서 불어온다
그가 설 중력의 무게를 겁탈해
현기증 나는 현실

사랑을 위해 혈연도 단절된 바닷가 그 절벽
아직도 어둠에 잠긴 시대는 울먹였고
열리지 않는 두려운 문 때문에
자꾸만 새로운 오브제를 열쇠로 만들었다

이방(異邦)의 빛
– 서귀포 '빛의 벙커' 모네, 르누아르, 샤갈展 감상 시

음습한 긴장만 맴돌던 무채색 벙커에
명화 속 빛들이 배어드니
멈췄던 시간이 세기를 넘어서서 깨어나는 곳
잊혔던 공간이 층층이 하나둘 일어나니
서서히 한 발 한 발 빨려 들어가
명화 속 붓이 다시 살아나는 곳

끊임없이 꿈틀거리는 대자연의 빛을
솔직하고 발랄하게 붓끝에 담아
기존의 시각을 벗어난 모네
안개 속인 듯 희미하게 이끼 낀 미소
화석에서 깨어나 생기 가득 품은 여인
부드러운 실루엣의 따스한 체온 되찾아
밝은 빛으로 감싸 안는 르누아르
혼돈의 시대에 이방인으로 살아가면서
소박하고 순수한 환상세계로 도피한
화려하면서도 따스한 그 몽상
삶을 누르던 중력 다 빼버리고
함께 작품 속으로 날게 하던 샤갈

캔버스에서 빠져나온 명화들
끊임없이 돋아나는 음악의 지느러미로
천정으로 벽면으로 바닥으로 맘껏 유영하며
관람객 마음속 밀실에 갇힌 빛도 하나둘 꺼내
광장으로 불러내던 마력, 빛의 벙커

낯선 시간 속을 걷는 공기의 빛깔
- 노랑다리미술관 감상 시

뒤집어 본 시각으로 열리는 세상이
입구부터 기이한 여체(女體)로 가로누운 곳

커피 향 촉수 스민 곳 따라
천장 높이, 화장실 깊숙이까지
눈 뜬 채 기다리는 작품들

수학과 과학의 해법은 연금술로 풀어내고
환경도 이념도 공간의 심장을 관통해
미학으로 해부한 세계

숟가락들의 모임이 빗방울로 내리고
변기의 안팎 뒤집힌 채 모인 작품들
어느 순간 안팎 가치가 전도되는
미와 추의 공존의 질서라는
그 무게에서 벗어날 수 없는
생의 아이러니를 역설하다니

붓과 캔버스에서 벗어나 어떠한 재료와 시공(時空)도
바닥까지 낱낱이 해체했다가
또 다른 각도와 빛깔로 새 이름표 달고
제3의 방향으로 숨 쉬는 또 다른 세상

공기의 빛깔과 흐름도 낯선 시간 속을 걷는듯한
노랑 다리 미술관

캘리그라피 속 길을 따라
– 흙곰문경숙작가 캘리그라피 전시회 작품 감상 시

먹빛이
지나가는 세월 불러 세워
햇빛의 나침반을 읽어내고
때론 바람의 길을 따라
일으켜 쓴 한 획 한 획

그곳에선
맑은 새벽이슬로 농담(濃淡)도 조절하고
굵기와 기울기도, 강약도 맘껏 조절해
음절 벗어나 어절에서도 고임 없이
유려한 문장으로 흐른다

행간에 소슬바람 불면
투명한 시로 빛나기도 하고
구름도 잠시 쉬어가는 무념무상의 비움,
그 비움 뒤 또다시
감정이 돋아나고 사유가 커져
깊어가는 무게로 시가 뿌리내렸거나
몇 계절이나 몇 해 정도를 산책하기도 한다.

오늘은 문득 역사를 오백 년도 더 역류해 가
어쩌면 훈민정음의 시원을 거쳐
직지*의 해법을 열 문(門)이 숨겨졌을지 모를
서체 속으로 들어가 본다.
먼 하늘 따라 파랗게 웃는
감성과 생명이 깃든 서체의 뜰에
어느새 향 맑은 바람이 불고 있다.

*직지 : 프랑스 국립박물관 소장 중인 세계 최고(最古)의 금속활자본인 직지심체요절

빙판의 독백
– 동계올림픽 여자피겨스케이팅 감상 시

어떠한 흠집도 없는 투명한 매끄러움
늘 차가운 표정으로 다듬고
차마 똑바로 올려다볼 수 없는 눈부신 의상
꽃잎의 무게쯤으로
스케이트의 날 선 양날을 물어본다.

피땀과 상처가 그린 무수한 곡선
때로 한계와 절망의 눈물 빛도 투영되었지만
그럴 때마다 빙판은
각각의 목표를 기억시키려 형형하게 눈뜬다.

내 몸 빙그르르 레코드 음반 되어
트랙 곳곳에서도 음악을 뿜어내야만
그 선율 따라 가장 유연한 궤적이 그려지고
갖가지 스핀은 내 오랜 지병 현기증도 일으키지만
그럴 때마다 내 척추를 꽉 붙잡아 세워야 해

뱅그르르 트리플악셀의 공중부양 땐
순간, 호흡도 휘청이며 멈추지만
꽃잎 같은 착지, 이어 부드러운 흐름으로
현기증도 불안감도 꽃 향처럼 날려버리니
환호와 박수가 그녀의 가녀린 어깨 너머
내 매끄러운 등판을 토닥이며 응원해준다.
빙질이 위태로워지는 뜨거운 눈물이라서
또다시 눈물은 급히 냉각시켜야만 해

상실과 표류를 U턴하다
- '오징어 게임' 영화감상 시

영화 속 그 게임의 출발이
유년의 놀이일까? 빚 그늘에 무거워진 돈일까?
삶의 척추가 허물어지기 직전 내민 브로커의 손
동심 속 딱지치기!
어쩌면 딱지처럼 운명이 뒤집힐 수도 있다는
얇은 확률에 희망 걸고 들어선 그들

유년의 뜰, 이끼처럼 덮인 세월 들춰보면
빼꼼히 숨어있는 몇몇 놀이
단순한 룰, 만만했던 그 놀이 하나둘 바뀔 때마다
동맹 맺어 함께하던 같은 팀도 하나둘
금 밖으로 밀어내야만 생존할 수 있어서
견제와 폭력 속 무수히 낙오하는 생명 값

출구는 시시각각 좁혀져 오지만
이탈할 수도 돌아설 수도 없어
생존을 거머쥔 경쟁심리의 뿌리까지 허옇게 드러낸
패닉 상태의 녹색 플레이어들
놀이가 이미 실종된 놀이

게임을 즐기는 가면 속 대부호(大富豪)들과
게임 공간에 갇힌 빚의 피비린내들
차마 오징어 머리를 밟지 못한 생존이지만
현실로 건너온 단 한 명의 승자

웃음도 언어도 상실된 채
돈 밖으로, 삶 밖으로 표류하다가
내부에서 꿈틀대는 이정표 찾아
문득 삶을 U턴하고 있다

유배되지 않은 수묵화
- 영화 『자산어보』[1] 감상 시

깊어진 학문으로 금 넘어간 사유의 끝
열린 길을 본 그, 정약전
시대를 뛰어넘은 시선

이미 본 하늘을
어찌 가두고 어찌 묶으리
바다로 간 물길
어찌 거슬러 흐를 수 있으리

흑산도 앞바다 물결마다 부침(浮沈)하던
맺힌 한과 무채색 분노
해저(海底) 깊숙이 내려놓고서
시대의 창살 벗어나
더 큰 세상, 더 먼 후대로 생각 달리니
학문도 창살 너머
푸른 생명으로 출렁였던 걸까

책 속 지식과 바닷물 젖은 삶 속 지식
스승과 제자로 만나니
신분의 귀천도 책과 삶의 경계도 허물어
하늘도 바다도 하나 된 수평선처럼
하나로 이어져간 책

낱낱이 해부되는 정교한 실체로
바다의 유전자가 어종(魚種)마다 밝아지니

책의 행간마다 바다 내음 꿈틀대나 보다
백성의 찢기는 삶 길목마다 헤아려
하나하나 살아갈 길 보여줬나 보다
책 속에서 걸어 나온 지식
책 속으로 걸어 들어간 해양생물
비릿하면서도 고결한 그 책

유배 풀려 바다 두 번 건널 아우
만날 시간 줄여보고자
또 다른 섬²⁾이 되어 기다리던 형
유일한 독자(讀者), 유일한 지기(知己)
긴 그리움 병이 된 죽음 앞에
여전히 갇힌 아우와 돌아온 제자
낙화처럼 처연한 눈물
바닷바람 되어 모두를 흔드는구나

삶보다 더 빛나는 죽음
생명 품은 책으로 영원히 살
유배되지 않은 수묵화
해조음처럼 묵직하게
내내 무채색으로 출렁일 영화

1) 《자산어보》(玆山魚譜) : 조선 시대 정약전이 천주교 신유박해 때 전라도 흑산도에 14년
   유배되었을 때 저술한 해양생물학 서적. 흑산도 근해 수산동식물의 명칭, 분포, 형태, 습성
   및 이용에 대해서 사실과 경험에 기초해 분석하여 집필함. [출처: 한국민족문화대백과사전]
2) 섬 : 우이도, 흑산도 부속 섬으로 강진 유배에서 풀려나는 아우 정약용을 빨리 맞으려는
   염원으로 거처를 옮겼으나 안타깝게 병사함.

변종 바이러스 '보이스'
– 영화 '보이스' 감상 시

저마다의 절박한 상황을 이용해
거대하면서도 치밀하게 뿌리 뻗는
점 조직망 보이스 네트워크

대출, 취업, 가족, 유학 중인 자녀까지
다양한 상황 속으로 접근해
가족 또는 지인이라는 아킬레스건을
뿌리에서부터 흔드는 보이스피싱[1]

겨냥한 목표물이 확인할 경로를 예상한
대본에 따른 역할극 속
주어진 미션에 대한
동시다발적 목소리 낚시가
외면할 수 없는 바이러스로 침투해 간다.
발신 번호 조작기를 통해 곳곳으로

피해자의 절박함에 공감하는 듯한 보이스에
희망과 두려움이란 두 얼굴로 파고들어
송금 버튼을 누른 순간,
번복 없는 덫이란 걸 알아챈 순간,

매번 그 지능의 진화 속도는

범죄의 숲속으로 은닉한 뒤였다

어쩌면 범죄유형 뉴스로 보도되기도 전

몇 종인지 모를 또 다른 변종을 만들어

유포 대기 중일지 모른다.

당한 가족과 직장동료의 죽음을 보면서

거대조직망에 위장해 들어간 필사적인 그

분노와 망연자실한 감정을 딛고 선

그 긴박한 전개 속으로 부품인 듯 들어선 그

조직원들 양심은 물론 성문(聲紋)[2]의

어떠한 울타리도 웃으면서 넘나들면서

또 다른 변종 바이러스를 부화하며

죄는 초고속으로 번져가고 있다

과연 어떤 결말이 기다릴까?

---

1) 보이스 피싱[voice phishing] : 주로 금융 기관이나 유명 전자 상거래 업체를 사칭하여
   불법적으로 개인의 금융 정보를 빼내 범죄에 사용하는 범법 행위. 음성(voice)과 개인
   정보(private data), 낚시(fishing)를 합성한 용어임.
2) 성문[聲紋] : 목소리의 무늬라는 뜻으로, 목소리를 주파수 분석 장치로 채취해서
   줄무늬 모양의 그림으로 바꾼 그래프를 이르는 말

커피 향이 자라는 정원
– 성북동 '조셉의 커피나무' 감상 시

북악산 바라다보는 넓은 창이
빛깔 다른 날씨의 안부를
매일 아침 먼저 읽어내는 곳

시선 돌리는 곳마다
화가의 벽화가 흐르고
조화와 생화와 벽화의 경계가 무너져
자유로운 생명으로 숨 쉬는 곳

배경음악이 알레그로로 톡톡
벽화 속 꽃 향까지 깨우고 다니면
선율 깊은 곳 파고든 커피 향도
감성의 음계를 오르내리는 곳
로스팅과 블렌딩 사이 커피 향 파장의 어느 가닥이
느긋하게 세로토닌 건드리는 걸까

혼자 와도 울타리 없는 친구와 함께한 듯
모여 있어도 홀로 걷는 오솔길도 숨은 듯

coffee 장인 이국적인 깊이의 주인장과
경쾌한 따스함이 빨간머리앤 닮은 화가 안주인
곳곳마다 그날만의 스토리가 기다리는 집
축복처럼 커피 향이 자라는 정원
성북동 '조셉의 커피나무'

꽃 향으로 불어올 달빛 미소
– '강진 한옥마을 달빛미소' 숙소 감상 시

달빛 가득 새어든 격자 여닫이창 열어
저만치 홀로 선 정자를 보니
고즈넉한 달빛을 성스럽게 수태한 듯
은은한 달빛미소를 뿜는다

커튼과 침구류 자수엔 바늘땀마다
달빛 교교히 섞여 흐르고
감성 가득한 소품으로 시선 돌릴 때마다
절로 미소 가득 흐르는구나

옷걸이와 방 이름표엔
세월의 흐름 따라 깎은 목공예 조각품
찻잔과 그릇, 수반엔
달빛의 흐름 따라 빚은 도자기 작품

후덕한 주인장 마음도 함께 비치는
정원의 작은 샘물엔 온 우주가 들어가
꿈 같은 세월 낚고 있나 보다

다소곳이 기다리던 정갈한 아침 식사
인정 가득한 디저트도 서너 가지
5성급 호텔보다도 감동의 여운이 깊어져 가
4월의 꽃마다 매달렸나 보다
한가한 누각을 바람 따라 건너온 그 달빛추억
해마다 4월의 꽃 향으로 불어오려나 보다

127

시간을 여는 바람

정해란 시집

2022년 5월 17일 초판 1쇄
2022년 5월 21일 발행
지 은 이 : 정해란
펴 낸 이 : 김락호
디자인 편집 : 이은희
기 획 : 시사랑음악사랑
연 락 처 : 1899-1341
홈페이지 주소 : www.poemmusic.net
E-Mail : poemarts@hanmail.net

정가 : 12,000원
ISBN : 979-11-6284-366-6